M. Fischer / H.-G. Schumann

Schwarzwild

Ansprechen und Bejagen

Neumann - Neudamm
Verlag für Jagd und Natur

Bildnachweis
Sämtliche Zeichnungen wurden von H.-G. Schumann angefertigt; die Fotos auf den Seiten 108/109 lieferte M. Fischer.

Printed in Germany
Lektorat: nvs, Naturwissenschaftlicher Verlagsservice, W. Düber, Berlin
Reproduktion und Titelgestaltung: Ratz-Fatz, Melsungen, mit einem Foto von Karl-Heinz Volkmar, Zierenberg
DTP: Media Service Rosen, Malsfeld
Druck und Verarbeitung:
Werbedruck GmbH Horst Schreckhase, Spangenberg
ISBN 3-7888-0816-0

Inhaltsverzeichnis

Vorwort

In den vergangenen Jahren hat sich der Schwarzwildbestand in Deutschland stark erhöht. Trotz jährlich steigender Abschusszahlen konnten die Jäger noch keine spürbare Reduzierung der Schwarzwildbestände erreichen. Deutlich sichtbar wird das an den sich erhöhenden Schäden durch Sauen und die immer drohende Gefahr des Ausbruchs der Europäischen Schweinepest.

Die Ursachen für diese Entwicklung ist allen Jägern bekannt. Sie liegen vor allem in der bislang unterschätzten hohen Reproduktionsrate des Schwarzwildes.

Die starke Vermehrung wird geradezu durch die großflächigen Anbaugebiete in der Landwirtschaft, Ernterückstände und optimale Einstände mit sicherer Deckung sowie durch häufig sich wiederholende Mast bei den Laubholzarten Buche und Eiche gefördert. Negative Faktoren sind auch die missbräuchlich angelegten und beschickten Kirrungen, die nicht immer den Festlegungen der Länderjagdgesetze entsprechen.

Auch werden das richtige Ansprechen vor dem Schuss und die Ausübung einer zielgerichteten Bewirtschaftung der Schwarzwildbestände oft nicht sehr ernst genommen. Die Folge sind u. a. ein erhöhter Frischlingszuwachs. Hinzu kommt die Tatsache, dass ein großer Teil der Frischlingsbachen fruchtbar beschlagen wird. Durch falsche Bejagung entsteht zudem noch ein ungünstiges Altersklassenverhältnis und ein total zu den Bachen hin verschobenes Geschlechterverhältnis.

Diesen Ursachen – hohes, ganzjähriges Fraßangebot, beschlagene und führende Bachen zu jeder Jahreszeit, geringe Nutzung der Zuwachsträger, erhöhte Flur- und Feldschäden – gilt es entgegen zu wirken. Dies ist nur durch rigorose Abkehr von den ganzjährigen Zusatzfütterungen, Nutzung der Bachen aller Altersklassen sowie Steigerung der Abschusszahlen in den Jugendklassen möglich.

Das „Schwarzwildproblem“ ist somit ein Problem der Jäger. Zum großen Teil selbst verschuldet, liegt es nun an den Jägern, die Schwarzwildbestände zu regulieren, um nicht nur bei Landwirten, sondern auch bei der nicht jagenden Bevölkerung glaubhaft zu bleiben. Erfolge werden erst dann sichtbar, wenn sich die Schäden auf landwirtschaftlich genutzten Flächen, in Obstplantagen ländlicher Gemeinden oder stadtnahen Gärten spürbar verringern.

Sauen zeigen sich heute – obwohl sie ursspründlich weitgehend tagaktiv sind – als dämmerungs- oder sogar nachtaktive Tiere. Diese Tatsache liegt nicht allein im hohen Jagddruck begründet, sondern vor allem auch in den ständig wachsenden Störungen jeder Art in den Jagdgebieten und an der Einengung der Lebensräume des Wildes generell. Damit hat der Jäger beim sicheren Ansprechen größere Probleme. Beispiele des Ansprechens zur praktischen Ausübung einer nachhaltigen Wildbewirtschaftung und möglichen Bejagungsstrategie werden in diesem Buch aufgezeigt.

Wenn es auch schwierig sein wird, das Schwarzwild in seiner Dichte in absehbarer Zeit deutlich zu reduzieren, lohnt es sich doch über Grundfragen der Bejagung neu nachzudenken.

Der Weg über die neu zu gründenden oder schon bestehenden Schwarzwildhegegemeinschaften ist ein Beispiel, um mit einheitlichen Zielen den erhofften Konsens zu schaffen.

Einen besonderen Wert zur zielgerechten Bewirtschaftung der Schwarzwildbestände hat u. a. die „Gemeinsame Richtlinie für die Hege und Bejagung des Schalenwildes der Länder Brandenburg und Mecklenburg-Vorpommern“ (Wildbewirtschaftungsrichtlinie). Mögen diese Grundlagen auch außerhalb der beiden Länder eine positive Aufnahme finden.

Die Autoren sind ausgesprochene Kenner dieser Wildart. Ihre Erfahrungen und Beobachtungen gründen sich auf eine langjährige Ausübung der Jagd in bestandsreichen Schwarzwildrevieren.

Frühjahr 2003

Manfred Fischer
und
Hans-Georg Schumann

Allgemeine Grundsätze für den Wahlabschuss

Oft wird das Schwarzwild als Schadwild bezeichnet, besonders dann, wenn Landwirte dieser Wildart zu Recht die häufigsten und flächenmäßig größten Schäden anlasten. Um diesen Wildschäden vorzubeugen bzw. diese zu verhindern, muss ein starker Reduktionsschuss des Schwarzwildes durchgeführt werden.

Es geht nicht um einen regellosen Abschuss, bei dem oft auch führende Bachen und mittelalte Keiler zur Strecke kommen, sondern um eine zielgerichtete Bewirtschaftung der Schwarzwildbestände. Es kommt darauf an, auch beim Schwarzwild, ähnlich wie bei allen anderen Schalenwildarten, den Wahlabschuss durchzusetzen. Bei richtig durchgeführtem Wahlabschuss leistet der Jäger einerseits einen Beitrag zur Vermeidung von Wildschäden in der Landwirtschaft, anderseits wird es ihm möglich sein, auch einmal einen starken Keiler, der das Zielalter erreicht hat, zu strecken.

Wichtig ist vor allem, den Bestand entsprechend der Wilddichte wildbretstark zu halten und starke Keiler heranzuziehen. Bei der Bejagung des Schwarzwildes gilt als oberster Grundsatz, Rotten zu bejagen und jeweils das geringste Stück zu erlegen. Einzelstücke sind genauestens anzusprechen, sonst werden beim Abschuss grobe Fehler gemacht. Durch den Wunsch, einen starken Keiler zu strecken, wird oft mit einem übereilten Schuss eine starke, führende Bache gestreckt oder ein geringer Keiler, dessen Gewehre noch keine begehrenswerte Trophäe darstellten. Der Grundsatz, aus der Rotte stets das geringste Stück zu strecken, ist deshalb von Bedeutung, weil nur aus einem starken, körperlich kräftigen und gesunden Frischling ein starker Überläufer heranwächst, der sich zu einem starken Stück entwickeln wird.

Prinzipiell muss der Abschuss solcher Stücke aller Altersklassen erfolgen, die in ihrer körperlichen Entwicklung deutlich sichtbar unter dem Durchschnitt der Rotte zurückgeblieben sind. Derartige Bachen rauschen meistens zur Unzeit und werfen schwache Frischlinge, die dann zu Kümmerern heranwachsen. Die weitere Auswirkung ist, dass in der Folge in den Schwarzwildbeständen Degenerierungserscheinungen auftreten. Wenn dies der Fall ist, muss unbedingt die gesamte Familie – einschließlich die Bache – erlegt werden. Der Abschuss der Bache darf aber erst erfolgen, nachdem alle Frischlinge gestreckt wurden.

Der **Bachenabschuss** muss selbstverständlich unter weidmännischen Gesichtspunkten erfolgen. Wie die Erfahrung zeigt, ist dies auch notwendig, um Schwarzwildschäden niedrig zu halten. Denn bei Verlust der Leitbache einer gemischten Rotte oder einer nur ihren eigenen Wurf führenden Bache (die in diesem Fall ja auch Leitbache ist) kann sich ein Wildschaden beträchtlich erhöhen, wenn gemischte oder Frischlingsrotten nach Abschuss einer Bache ohne Führung sind und verwaist selbständig auf Nahrungssuche gehen. Verwaisten Rotten konzentrieren sich dann auf den Lebensraum, den sie mit dem Muttertier kennen gelernt haben. Sie richten beträchtlichen Schaden an, weil die Frischlinge aufgrund ihrer Unerfahrenheit die leicht aufnehmbaren Feldfrüchte bevorzugen. Frischlingen, bei denen die Bache zu früh erlegt wurde oder aus anderem Grund verendete, fehlt die natürliche Nahrungsgrundlage, die Muttermilch. Diese Frischlinge können sich nicht zu körperlich kräftigen und gesunden Tieren entwickeln und kümmern. Der Abschuss führender Bachen ist daher unverantwortlich und deshalb gesetzlich verboten.

Der sachgemäße Bachenabschuss ist äußerst schwierig und oft problematisch. Es wird dazu auf folgende Grundsätze verwiesen:

- Es müssen möglichst viele Frischlinge und Überläufer geschossen werden, umso weniger Bachen werden dann abschussnotwendig.
- Beim Bachenabschuss beschränkte man sich auf allein ziehende, nicht führende Stücke. Der Abschuss kann deshalb erst nach sicherem Ansprechen erfolgen, um eine Verwechslung mit einem geringen Keiler zu vermeiden.
- Es sind, außer dem hohen Abschuss in der Jugendklasse, möglichst nur Bachen zu strecken, die das Zielalter von 6 bis 8 Jahren erreicht haben.
- Es wird empfohlen, bei allen Einzelgängern den Finger gerade zu lassen, sofern es sich nicht eindeutig um eine zum Abschuss vorgesehene grobe Sau oder ein eindeutig krankes Stück handelt.
- Gemäß § 22 Abs. 4 BJG können erst ab Oktober aus gemischten Rotten mit Leitbache einzelne führende Bachen, erlegt werden, wenn deren Frischlinge normal entwickelt sind und der Führung durch das Muttertier nicht mehr bedürfen.

Auch beim Bachenabschuss muss die Regel, jeweils das schwächste (in diesem Fall weibliche) Stück der Rotte zu erlegen, oberstes Gebot sein. Beim rechtzeitigem Bejagen der Frischlinge ist man in den Wintermonaten nach regelmäßigem Ansprechen in der Lage, die in den Rotten befindlichen, nicht führenden Bachen zu strecken. Selbstverständlich dürfen auch bei den Bachen nur wenige Stücke das Überläuferalter überschreiten. Jedes Anwachsen der Anzahl der weiblichen Stücke hat nachteilig eine Erhöhung des Frischlingsanteils im Altersklassenaufbau zur Folge. Es ist für das gewünschte Geschlechterverhältnis zugunsten der Keiler sogar ratsam, eher eine Bache mehr zu erlegen.

Der **Keilerabschuss** darf nur einen geringen Anteil des Gesamtabschusses betragen. Eine sichere Kontrolle über den gesamten Abschuss der reifen, jagdbaren Keiler sollte nach Möglichkeit über das gesamte Einstandsgebiet, z. B. im Gebiet einer Schwarzwildhegegemeinschaft, geführt werden.

Als jagdbare Keiler gelten solche Stücke, die schon äußerlich einen starken, reifen Eindruck machen. Man muss nach den Ansprechmerkmalen deutlich erkennen, dass es sich um einen Keiler der jagdbaren Kategorie handelt. Ist man sich beim Ansprechen nicht ganz im Klaren, muss der Abschuss unterlassen werden, weil man sonst eventuell einen jungen, noch nicht reifen Keiler strecken würde.

Keiler, die das Überläuferalter überschritten haben und in die nächsthöhere Altersklasse gewechselt sind, bei denen auch kein zwingender Grund zum Abschuss besteht, sollten auf keinen Fall gestreckt werden, sondern das jagdbare Alter erreichen. Das jagdbare Alter beginn bei den Keilern ab 5 Jahren.

Aus Gründen der Wildschadenverhütung wird oft gefordert, auch Keiler zu strecken, die noch nicht jagdbar sind. Dies erfolgt jedoch meistens zu Unrecht, da vielfach andere Mittel der Schadensverhütung nicht im genügendem Maße angewendet wurden. Es ist auch festzustellen, das Schwarzwild mit zunehmenden Alter aus Gründen der Sicherheit zur Fraßaufnahme die längste Zeit der Nacht im Wald verbleibt oder diesen nur für kurze Zeit verlässt. Den wirklichen Schaden verursachen die Überläuferrotten und die Bachen mit ihren Frischlingen, wenn notwendige Maßnahmen versäumt wurden. Die Rotten sind wie folgt zu differenzieren:

- **Eine Bache mit Frischlingen:** Sie sind aufgrund der Größenunterschiede leicht anzusprechen.
- **Mehrere Bachen mit Frischlingen:** Hier erscheint gewöhnlich eine Bache am Schluss der Rotte.
- **Nur Überläufer:** Die Rotte besteht also aus gleichaltrigen Geschwistern oder Geschwistern aus mehreren Würfen.
- **Gemischte Rotten:** Bei diesen treten in der Rauschzeit oder

bei guter Mast Überläufer – gewöhnlich vorjährige Nachkommen der Bachen – zu den Bachen mit Frischlingen.

Alle anderen, einzeln anzusprechende Stücke können sein:

- Keiler,
- nicht führende Bachen,
- kranke Stücke,
- hoch beschlagene Bachen, die sich zum Frischen abgesondert haben.

Stärkere Keiler stecken auch in der Rauschzeit meistens nie mit der Rotte im Kessel. Keiler sind nur dann bei der Rotte anzutreffen, wenn rauschende Bachen dabei sind. Die Keiler treten aber erst abends zur Rotte und verlassen sie morgens wieder, um sich allein ins Lager einzuschieben. Sind in einer Rotte die Sauen am Rauschen, hört man diese von weitem. Beim Erblicken der gesamten Rotte kann man den Keiler am Bedrängen des rauschenden Stückes ausmachen. Wir weisen noch auf die bei den Schwarzwildpopulationen vorkommenden, weiß-gelb oder sehr hell gefleckten Stücke hin. Diese Stükke sind grundsätzlich unerwünscht und müssen schon als Frischlinge oder Überläufer gestreckt werden. Sollte ein solches Stück dennoch in eine höhere Altersklasse hineinwachsen, ist dessen Abschuss gerechtfertigt. Ausnahmen bilden hierbei führenden Bachen während der Schonzeit.

Bewirtschaftungsziel

Wie bei anderen Schalenwildarten ist es auch beim Schwarzwild erforderlich, eine Bewirtschaftung nach begründeten Richtlinien vorzunehmen. Voraussetzungen sind:

- Ermittlung und Aufstellung von Schwarzwildeinstandsgebieten: Das sind, entsprechend dem großen Raumbedürfnis und der Lebensweise der Sauen, Jagdgebiete mit Feld- und geschlossenen Waldkomplexen mit großen Flächenausdehnungen.
- Geringe Wald-Feld-Grenze: Das Schwarzwild wird durch ständiges Beunruhigen bzw. Beschuss daran gehindert, zur Nahrungsaufnahme auf die Felder auszuwechseln.
- Vorbeugende Maßnahmen: Zur Verhinderung von Wildschäden in der Landwirtschaft werden in Zusammenarbeit mit Landwirten komplexe Maßnahmen festgelegt.
- Bonitierung der Einstandsgebiete: Durch die Ermittlung des Nahrungsangebotes werden Rückschlüsse auf die optimale Wilddichte gezogen.

Eine zielgerichtete Bewirtschaftung des Schwarzwildes sollte analog der Bewirtschaftung des Rot-, Dam- und Muffelwildes auf einer großen Jagdgebietsfläche erfolgen. Also Jagdgebietsflächen im Zusammenschluss von Pächtergesellschaften, Einzelpächtern, Eigenjagdbesitzern sowie Eigenjagdgebieten der Landes- und der Bundesforstens. Unter Berücksichtigung neuester Erkenntnisse werden folgende Grundsätze angewendet:

- Wirtschaftsziel ist eine nachhaltige Produktion an gesundem, körperstarkem Schwarzwild im Rahmen eines land- und forstwirtschaftlich tragbaren Bestandes. Beim Keiler ist das Ziel der Bewirtschaftung der reife Keiler mit einem Zielalter von 8 Jahren und älter sowie eine Mindestwildbretmasse von 85 kg. Reife Bachen sollen das Zielalter von 6 bis 8 Jahren erreichen und mindestens 60 kg Wildbretmasse haben.

- Die Bestandsermittlung erfolgt durch eine ständige Kontrolle des Gesamtbestandes während des gesamten Jagdjahres und besonders im Rahmen einer Frühsommerzählung an der Feldkante und im Wald. Zusätzlich durch eine systematische Zählung im Winter bei Neuschnee. Die männlichen Stücke sind getrennt nach Überläuferkeiler, grobe Keiler – das sind Zwei- bis Fünfjährige – sowie reife und alte Keiler, zu ermitteln. Die weiblichen Stücke werden nach Überläuferbachen, jungen bis mittelalten Bachen und alten Bachen, führend oder nicht führend, gezählt. Bei der Frühsommerzählung muss auch die Anzahl der Frischlinge festgehalten werden. Bei der Auszählung der Fährten nach einer Neuen wird unter Zugrundelegung eines Geschlechterverhältnisses von etwa 1 : 1 nur unterschieden nach Frischlingen, Überläufern, groben Sauen und Hauptschweinen.
- Die Abschussplanung erfolgt nach Jagdgebieten oder zentral für eine bestehende Schwarzwildhegegemeinschaft auf der Grundlage des Zählergebnisses und unter Berücksichtigung des Abschusses vom Vorjahr, sonstiger Abgänge und Verluste sowie des zu erwartenden Zuwachses von etwa 150 bis 250 %. Hierbei soll nach Möglichkeit ein Geschlechterverhältnis (männlich zu weiblich) von 1 : 0,9 bzw. 1 : 1 angestrebt werden. Der Abschuss ist als Gesamtabschuss zu planen.
- Die Trophäen der erlegten reifen und der mittelalten Keiler sind auf der zentralen Hegeschau der Hegegemeinschaftsgebiete zur einheitlichen Bewertung vorzulegen.
- Als eine erhebliche Schwierigkeit erweist sich bei der Schwarzwildbewirtschaftung die bei den Bachen eingeschränkte Bejagung. Es sollte deshalb, im Interesse einer gezielten Bachenbewirtschaftung, der notwendige Bachenabschuss in den Monaten Oktober bis Januar durchgeführt werden.

Alle Keiler sollten ab dem 3. Lebensjahr wegen des ungenießbaren Wildbrets während der Rauschzeit und des dadurch sehr minderwertigen Wildbrets und der geringeren Wildbretmasse erst nach erfolgtem Regenerationsfraß erlegt werden. Dabei könnten in Schadensgebieten einzelne Stücke auch während dieser Zeit zum Abschuss kommen. Keine Schonzeit sollen dagegen Frischlinge und Überläufer genießen. Auf diese Weise würde der Zeitraum des Bejagens im richtigen Verhältnis zu den bejagenden Altersklassen stehen.

Die Bewirtschaftung des Schwarzwildes innerhalb eine Schwarzwildhegegemeinschaft ist eng mit der Abschussrichtlinie und dem Abschussplan verbunden. Folgende Punkte bestimmen die Bejagungsstrategien:

- Verhinderung oder Minderung von Wildschäden auf landwirtschaftlichen Nutzflächen;
- Erhaltung eines gesunden Schwarzwildbestandes mit ausgewogenem Geschlechter- und Altersklassenverhältnis, möglichst in einem naturnahen Altersklassenaufbau und einer Sozialstruktur, die mit einer geringen Wilddichte den natürlichen Lebensgrundlagen entspricht;
- weid- und tierschutzgerechte Bejagung unter Einbeziehung aller Weidgenossen und Anwendung bekannter und neuer Jagdstrategien;
- Verhinderung des Verbreitens von Wildseuchen, insbesondere beim Auftreten der Europäischen Schweinepest, durch starke Reduktion des Gesamtbestandes.

Dazu stellen sich die Bewirtschafter das Ziel:

- den Schwarzwildabschussplan als Mindestplan der Wildschadens- und Seuchensituation entsprechend *variabel* zu gestalten;
- den Zahlabschuss in der Altersklasse 0 und den Wahlabschuss ab Altersklasse 1 durchzusetzen;

- das Abschuss- und Geschlechterverhältnis (männlich zu weiblich) von 45 : 55 anzustreben, um damit stark in die Zuwachsträger einzugreifen und den Jugendklassenabschuss mit möglichst hoher Nutzung des Zuwachses zu realisieren;
- die Reihe von gezielten Maßnahmen zur Erleichterung der Jagd und zur Vorbeugung gegen Wildschäden, wie das Anlegen von Wühlschneisen als Ablenkfütterungen in den Waldbeständen und Kirrungen, diese aber nur entsprechend den jeweiligen unterschiedlichen Festlegungen der Länder;
- die Sauen dort zu bejagen, wo sie zur Jagdzeit anzutreffen sind.

Ansprechen nach Altersklassen und Altersklassenaufbau

Im Gegensatz zu anderen Schalenwildarten, wo sich die Geschlechter schon durch ihren markanten Körperbau und die Trophäe unterscheiden, gleichen sich beim Schwarzwild Keiler und Bachen im Habitus mit nur geringen Unterschieden. Wie bei jeder anderen Wildart erhalten auch bei dieser Wildart die einzelnen Stücke nach Geschlecht und Alter verschiedene Bezeichnungen.

Die markanteste Klassifizierung ist die Einteilung nach Altersklassen. Im jüngsten Entwicklungsstadium werden beide Geschlechter als *Frischlinge* bezeichnet. Diese Altersklasse gilt vom Tag der Geburt bis zum ersten April des nachfolgenden Jahres. Dieser Zeitpunkt lässt sich aus dem normalen Frischtermin des Schwarzwildes vom Monat März bis Mai ableiten. Die nächste Altersklasse sind die *Überläufer*. Diese sind dann annähernd ein Jahr alt und verlassen diese Altersklasse mit etwa zwei Jahren. Eine genaue Übereinstimmung mit dem tatsächlichen Lebensalter gibt es nicht, da auch die im Vorjahr später gesetzten Frischlinge schon als Überläufer bezeichnet werden.

Man unterscheidet nach Geschlecht zwischen *Überläuferkeiler* und *Überläuferbache*. In dieser Altersklasse erfolgt der größte Zuwachs an Wildbretmasse, besonders nach Mastjahren und milden Wintern.

Mit Vollendung des zweiten Lebensjahres – stets auf den durchschnittlichen Termin des Frischens um den 1. April bezogen – werden die Überläufer zu *groben Sauen*.

Die bereits im Spätherbst beschlagenen Überläuferbachen frischen zum ersten Mal. Keiler werden Einzelgänger. Bis etwa zu diesem Zeitpunkt bleiben die Wurfgeschwister in der Rotte zusammen und bilden mit nicht beschlagenen Bachen und geringen Keilern sogenannte *gemischte Rotten.*

Beim männlichen Wildschwein spricht man *von 2- bis 3-jährigen Keilern*, vom vierten Jahr an vom *angehenden Schwein*, vom 5. bis 7. Jahr vom *hauenden Schwein* und vom 8. Jahr an vom *Hauptschwein*.

Im Alter von 5 bis 7 Jahren ist das Knochenwachstum abgeschlossen. Die Gewehre haben zu diesem Zeitpunkt an der Basis die endgültige Stärke und die Radiuskrümmung erreicht. Weitere 3 Jahre später ist die Endbreite bis zur Schleifecke vorgewachsen. Nun hat die Trophäe die größte Stärke erreicht. Aus dieser Feststellung lässt sich auch die Bezeichnung Hauptschwein ableiten. Das ist das erstrebenswerte Ziel der Schwarzwildbewirtschaftung.

In der Praxis werden entsprechend der Stärke des Stückes die Bezeichnungen *gute* oder *starke* Keiler, *grobe Keiler* und bei ausgesprochen starken Stücken *Kapitalkeiler* verwendet.

Die Keiler sind bis zu 5 Jahren, sofern keine zwingende Abschussnotwendigkeit vorliegt, als gering und nicht jagdbar anzusehen. Sie müssen gemäß der Qualitätsansprache des männlichen Schwarzwildes als „zu schonende Keiler" eingestuft werden.

Beim weiblichen Wildschwein spricht man von *Erstlingsbachen* oder *2-jährigen Bachen*, weiterhin von *mittelalten* und *alten* Bachen, bei sehr starken und in der Regel alten Stücken auch von *groben Bachen*. Haben die Bachen Frischlinge, bezeichnet man sie als *führende Bachen*, vor dem Frischen als *beschlagene* bzw. *hoch beschlagene Bachen* und nicht beschlagene Bachen als *Geltbachen*. Letztere kommen jedoch sehr selten vor.

Wie schon erwähnt, lassen sich Keiler und Bachen schwer unterscheiden, dennoch sollte durch intensives Vergleichen ein sicheres Ansprechen erreicht werden. So werden Voraussetzungen für eine richtige Regulierung des Geschlechter- und Altersklassenverhältnisses geschaffen. Wie bei allen anderen Wildarten ist auch bei der Bejagung des Schwarzwildes ein Wahlabschuss durchzusetzen.

Da die Vermehrung des Schwarzwildes bei fehlendem Abschuss sehr hoch sein kann, ist es zweckmäßig, einen Idealaufbau der Schwarzwildbestände anzustreben. Selbst wenn die Bestände sehr groß sind, darf der Abschuss nicht wahllos und unkontrolliert erfolgen, sondern es muss immer das Ziel sein, wildbretstarke Bestände mit reifen Keilern heranzuziehen. Das Reifealter liegt – wie schon erwähnt – bei etwa 8 Jahren. In der Praxis wird dieses Ziel jedoch nur in wenigen Fällen erreicht. Um einen hohen Anteil solcher reifen Stücke zu erhalten, ist es notwendig, dass ausreichend gut entwickelte Frischlinge als Überläufer in das mittlere Alter gelangen und dann bis zum Reifealter unbedingt zu schonen sind.

Um durch richtige Bewirtschaftung qualitativ gute Schwarzwildbestände als Gesamtbestand zu haben, ist es notwendig, die Alterspyramide so zugestalten, dass ein hoher Anteil an mittelalten Stücken vorhanden ist. Aus diesem Grund sollte der Abschuss von Frischlingen und Überläufern mit insgesamt 85 % des Jahresabschussplanes erfüllt werden. Der Abschuss von Frischlingen soll zwischen 65 % bis 75 % liegen. Die restlichen 15 % des geplanten Abschusses können sich dann auf grobe Sauen, jagdbare Keiler und Bachen verteilen. Der Anteil der Bachen soll dabei 10 % betragen.

Ist der Frischlings- und Überläuferabschuss in der festgelegten Abschusszahl zu gering, wird das Durchschnittsalter des Schwarzwildbestandes herabgesetzt und das angestrebte Zielalter negativ beeinflusst. Der Abschuss an Frischlingen und

Überläufern sollte gesichert werden; diese Abschusszahl kann immer in beliebiger Höhe überschritten werden.

Im Gegensatz dazu sollte die Anzahl der zu streckende älteren Stücke im Abschussplan begrenzt bleiben. Es ist darauf zu achten, dass diese Anzahl nicht überschritten wird.

Leider finden diese Erkenntnisse bisher viel zu wenig Beachtung, sodass immer wieder ein zu geringer Abschuss in den jungen Altersklassen erfolgt. Um so größer ist dann der Anteil an stärkeren Stücken. Das ist in jedem Fall ein Eingriff in die Substanz des wertvollen Vererbungsmaterials.

Ein zu hoher Abschuss in der Klasse der mittelalten Keiler wirkt sich auf den Gesamtbestand negativ aus. Da die mittelalten Keiler und demzufolge auch die starken, reifen Stücke fehlen, kommen zur Rauschzeit geringe, noch nicht ausgereifte Keiler zum Beschlag. Es ist bekannt, dass der Keiler im Laufe der Rauschzeit bis zu 30 % seiner Wildbretmasse verliert. Diese nun an sich schon geringen Stücke können dann im Winter und im folgenden Frühjahr den Verlust an Körpermasse nicht wieder vollkommen ausgleichen und bleiben weiterhin im Wildbret gering.

Merke: Ziel eines richtigen Altersklassenaufbaus ist es, genügend starke Stücke beider Geschlechter in den mittleren Altersklassen zu haben, um somit den notwendigen gesunden Zuwachs in der Klasse der reifen, alten Stücke zu sichern.

Bejagungsrichtlinien nach Altersklassen

Richtige Bejagung soll zur Reduzierung und zur Qualitätsverbesserung der Schwarzwildbestände sowie zur Verhinderung von Feldschäden führen. Dabei ist die aktuelle Situation der Schwarzwildbewirtschaftung zu analysieren.

Zu hohe Bestände erschweren den Wahlabschuss – unzureichender Wahlabschuss erhöht den Zuwachs – erhöhter Zuwachs erhöht wiederum die Bestände!

Dieser Kreis muss durchbrochen werden. Die jagdliche Bewirtschaftung des Schwarzwildes sollte zukünftig nach den gleichen Grundsätzen erfolgen, die sich bereits beim Rot- und Damwild bewährt haben.

Altersklasse 0 – Frischlinge: Der *Zahlabschuss* ist bereits in der Altersklasse 0 durchzuführen. Frischlinge sind nach ihrem Geschlecht nicht anzusprechen, nur nach ihrer Körperstärke. Sie sind die zahlenmäßig stärkste Altersklasse eines Schwarzwildbestandes – so muss hier auch die stärkste Nutzung erfolgen! Dabei darf keine Rücksicht auf die Körperstärke genommen werden. Der Zahlabschuss muss bereits einsetzen, wenn führende Bachen auf Feldflächen Schaden verursachen, also schon vor der ablieferungsfähigen Wildbretmasse der Frischlinge. Es sollten jedoch nach Möglichkeit die gelblichen Längsstreifen nicht mehr sichtbar sein. Der gesamte Zuwachs kann nie vollständig abgeschöpft werden. Wird dies aber zu zögerlich verfolgt, ist der geplante Abschuss in der Altersklasse 0 nicht erreichbar. Was in der Altersklasse 0 nicht abgeschöpft wird, muss in der Altersklasse 1 nachgeholt werden. Also Altersklasse 0 = Zahl vor Wahl!

Altersklasse 1 – Überläufer: In dieser Altersklasse beginnt der *Wahlabschuss*! In der Altersklasse der Überläufer sollten körperlich geringe Überläufer und Überläuferbachen erlegt werden. In der Sommerschwarte sind die Geschlechter ansprechbar. Geringe Überläufer stammen von zu spät oder zum zweiten Mal frischenden Bachen.

Mit Umsetzen der Frischlinge in die Klasse der Überläufer, also mit dem 1. April des Jagdjahres, müssten diese geringen Überläufer eigentlich zu Altersklasse 0 gerechnet werden, da sie noch das Milchgebiss haben. An diesem Merkmal sind die wildbretschwachen Überläufer nach dem Erlegen eindeutig als gering anzusprechen. Aus Gründen einer exakten Abrechnung und Abschussanalyse ist dies aber nicht möglich. Starke, einzeln gehende Überläuferkeiler, die sich im Alter von etwa 15 Monaten vom Familienverband trennen, sind möglichst vom Abschuss zu verschonen, da sie die Grundlage für den nachwachsenden Bestand an mittelalten Keilern bilden. Diese körperlich starken Überläuferkeiler haben im Verlauf des Sommers und im Frühherbst schon Wildbretgewichte von 50 bis 60 kg.

Zu erlegen sind vor allem nicht führende Überläuferbachen. Sie halten sich im Familienverband auf. Überläuferbachen sind im Frühsommer vollkommen zur Sommerschwarte umgehaart. Die geringsten Stücke sind vorrangig zu erlegen.

Altersklasse 2 – ab zwei Jahre und älter: Auch in dieser Altersklasse ist der *Wahlabschuss* durchzuführen. Starke Keiler der Altersklasse 2, etwa 3- bis 4-jährige Keiler, sind zu schonen. Sie bilden den Stamm für das Einwachsen der Keiler in die Reifeklasse. Keiler der Reifeklasse, d. h. ab 5 Jahre und älter, können erlegt werden. Ein Abschuss während der Rauschzeit verbietet sich von selbst, da das Wildbret nahezu ungenießbar ist. Bachen ab der Altersklasse 2 sind zu erlegen, wenn sie nicht führend sind bzw. ihre Frischlinge in den Monaten Oktober bis Januar ohne ihre Führung auskommen. Die körperlich geringsten Stücke fallen zuerst. Reife, alte Bachen können erlegt werden, wenn sie nicht als Leitbachen angesprochen werden. Das gilt auch für nicht führende Bachen, also seltene Geltbachen, sowie überalterte Bachen, aber auch nicht mehr führende Bachen, deren Frischlinge schon im Verlauf des Jagdjahres erlegt wurden. Leitbachen sind prinzipiell zu schonen. Das gilt auch für einzeln ziehende Bachen mit Frischlingen!

Ohne Rücksicht auf die Altersklassen sind abschussnotwendig:

- weißbunte Stücke, außer führende Bachen bis Anfang Oktober;
- eindeutig kranke Stücke (Laufverletzungen, alte Schussverletzungen, Gebrechschüsse, Unfallverletzungen durch Straßenverkehr u. a.),
- stark abgekommene Stücke (zumeist kranke Stücke mit einem schwachen Wildkörper).

Wilddichte

Da bekanntlich das Schwarzwild dem Fraß nachzieht, gibt es jahreszeitlich – entsprechend dem Fraßangebot – unterschiedliche Wilddichten. Auf großflächigem Feldanbau von Getreide, Mais oder Raps ist eine hohe Konzentration des Schwarzwildes in den Sommermonaten zu verzeichnen, aber eine geringere in Waldgebieten, weil dort ein vorzügliches Fraßangebot fehlt.

Auch bei bekannter Standorttreue lässt sich das Schwarzwild nicht in eine Wilddichte je 100 ha Jagdfläche zwängen. Wer damit rechnet oder solche Zahlen auszuweisen versucht unterliegt einer Täuschung. Nur auf einer großen Jagdfläche kann unter Mithilfe aller beteiligten Jäger ein brauchbarer Überblick über den vorhandenen Bestand eingeschätzt werden.

Anhaltspunkte für eine aktuelle Wilddichte sind die Feldschäden, die geschätzte Reproduktionsrate und die erzielte Strecke des Vorjahres. Die Festlegung der Wilddichte setzt voraus, dass man das Einstandsgebiet sehr genau analysiert und dabei die günstigsten Lebensbedingungen, die für einen gesunden Bestand zutreffend sind, erkennt. Als Bezugswerte zur Bestimmung der Wilddichte müssen der Nahrungsbedarf und die Fraßgrundlage eines Gebietes sowie der Mastanfall bei Buchen und Eichen und sehr strenge Winter herangezogen werden. Waldgebiete, in denen nur in äußerst günstigen Jahren ein geringes Nahrungsangebot vorhanden ist, dürfen bei der Festlegung der Wilddichte für einen exakten Schwarzwildbestand nicht berücksichtigt werden.

Für eine sachgemäße Bewirtschaftung des Schwarzwildes ist also der Anteil der auf einer bestimmten Fläche wirtschaftlich tragbaren Wilddichte von maßgeblicher Bedeutung. Legt man zugrunde, dass ein Anteil von unter 0,3 Stück je 100 ha vorhanden ist, so ist es nicht mehr möglich, eine planmäßige Bewirtschaftung des Schwarzwildes durchzuführen. Wäre beispielsweise eine Frühjahrswilddichte von 0,1 Stück je 100 ha als Ausgangsbasis vorhanden, so würde man ein Gebiet von etwa 15 000 ha benötigen, um – entsprechend einem geregelten Altersklassenaufbau – einen reifen Keiler heranziehen zu können.

Bei einem derartig niedrigen Ausgangsbestand lässt sich aber keine zielstrebige Bewirtschaftung des Schwarzwildes erreichen. Um den Abschussplan zu erfüllen, müsste man dann – bedingt durch den geringen Bestand an Schwarzwild für diesen erforderlichen großen Lebensraum – fast jedes schussge-rechte Stück strecken. Im Endeffekt würde man einen sehr schwachen, dem richtigen Altersklassenaufbau nicht gerecht werdenden Bestand erhalten. Äußerst nachteilig würde sich auch noch die mangelnde Erfahrung vieler Jäger beim Ansprechen des Schwarzwildes auswirken. Die Bewirtschaftung des Schwarzwildes bei einer Wilddichte von unter 0,3 Stück je 100 ha führt unweigerlich zu einem schwachen und schlecht gegliederten Altersklassenaufbau, der jagdwirtschaftlich nicht vertretbar ist.

Folgende Regeln der Bewirtschaftung, die sich im Ansprechen und der Bejagung ausdrücken, beeinflussen die Wilddichte dieser Wildart:

- Zahlabschuss in der Jugendklasse – Wahlabschuss in den nachfolgenden Altersklassen,
- richtige Ansprache vor dem Schuss,
- dort bejagen, wo Schwarzwild zur Jahreszeit und Jagdzeit angetroffen wird,
- Schwarzwild nicht durch Futter oder übertriebene Kirrungen an das Jagdgebiet binden,
- alle Jäger in die Bejagung ohne Revieregoismus einbeziehen,
- Abschuss kontrollieren und analysieren.

Abschussplan

Ein *Abschussplan* ist für die nachhaltige und effektive Bewirtschaftung und Bejagung eines Bewirtschaftungsraumes nicht nur angebracht sondern auch notwendig. Mit diesem Plan unterliegt die Schwarzwildbejagung nicht mehr der Ermessensfrage eines einzelnen Jägers, sondern wird zum „zwingenden Muss" für alle in der Hegegemeinschaft jagenden Weidgenossen.

Grundprinzipien des Planes sind:

- Der *Mindestabschluss* wird *geplant.*– Die Orientierung dazu erfolgt an der aktuellen *Wildschadensituation* und an der *Gesamtstrecke* der Sauen aller in der Hegegemeinschaft ja genden Partner.
- Der notwendige *Zahlabschuss* verbindet sinnvoll *Altersklassenabschuss* und *Wahlabschuss*.
- Das *Ausmaß der Schäden und die Kosten* für deren Ersatz werden berücksichtigt.
- Der Abschuss ist *für das laufende Jahr flexibel* zu gestalten, z. B. unbedingte Erhöhung der Abschusszahlen auch für das Folgejahr, wenn keine spürbare Senkung der Feldschäden eintritt. Dies gilt auch für die Kontrolle des Wildseuchengeschehens.
- Es erfolgt eine *Kontrolle der Realisierung* des Abschussplanes. Dazu wird empfohlen, wie in den Bundesländern Brandenburg und Mecklenburg-Vorpommern bereits praktiziert, Wildmarken und Wildursprungsscheine einzuführen, um am Ende des Jagdjahres eine Abschussanalyse dieser Nachweise durchzuführen.
- Die *Abschussanalyse* vermittelt die Quantität des Altersklassen- und des Zahlabschusses. Der Nachweis der erlegten Stücke im Verlauf eines Jagdjahres wird effektiv gestaltet.

Bejagung des männlichen Schwarzwildes

Während bei den anderen Schalenwildarten die Trophäe zur Beurteilung des männlichen Stückes mit herangezogen wird, ist das Ansprechen beim männlichen Schwarzwild weitaus schwieriger. Die Aussage von Jägern über die im Mondschein blinkenden Waffen sind stark anzuzweifeln und gehören zu 99 % in das Reich der Fantasie; hier ist vielfach der Wunsch Vater des Gedankens, und am Stammtisch wird daraus erst recht Jägerlatein. Die Hauptmerkmale beim Ansprechen eines Keilers sind der Körperbau, der Pürzel, der Pinsel und das Sozialverhalten.

Durch den Wunsch nach einem starken Keiler wird manchmal mit einem übereilten Schuss eine führende, starke Bache oder auch ein geringer noch nicht voll entwickelter Keiler gestreckt. Der Grundsatz, aus der Rotte stets das geringste Stück zu strekken, ist deshalb von Bedeutung, weil nur aus einem starken, körperlich kräftigen und gesunden Frischling ein starker Überläufer heranwächst, der sich dann bis zu einem Hauptschwein entwickeln kann.

Prinzipiell muss immer der Abschuss schwacher Stücke, die in ihrer körperlichen Entwicklung deutlich sichtbar unter dem Durchschnitt ihrer Altersklasse zurückgeblieben sind, erfolgen. Schwache Stücke können bei weiterer Vererbung in der Folgezeit in den Schwarzwildbeständen zu Degenerierungserscheinungen beitragen. Somit bleiben dann starke Keiler in der Zukunft aus.

Infolge des sich ständig erhöhenden „Beunruhigungsfaktors“ wird die Nachtaktivität des Schwarzwildes immer stärker, sodass häufig unter den erschwerten Bedingungen der Dämmerung und des Mondscheins ein Ansprechen kaum oder nur schwer möglich ist. Dennoch sollten die typischen Ansprache-

Merkmale in Anwendung gebracht werden. Fundierte Kenntnisse der Bewirtschaftung und fachgerechtes Ansprechen des lebenden Stückes sind die Grundvoraussetzungen für eine erfolgreiche Bewirtschaftung der männlichen Stücke.

So kann die Beurteilung nach Hegerichtlinien für das männliche Schwarzwild anhand folgender Merkmale vorgenommen werden:

- **Jagdbare reife Keiler sind:**
  Keiler, die dem Bewirtschaftungsziel nahe kommen, ein Zielalter von 8 Jahren erreicht haben, außerhalb der Rauschzeit eine Mindestwildbretmasse von 85 kg und mehr aufweisen.
- **Zu schonende Keiler sind:**
  Keiler aller Altersklassen, also fehlerfreie, nicht jagdbare Keiler, die im Körperbau und in der Wildbretmasse der Normalstufe ihrer Altersklasse entsprechen oder diese schon übersteigen.
- **Abschussnotwendige mittelalte Keiler sind:**
  Keiler aller Alterklassen, außer Überläufer und 2-jährige Keiler, die nicht die entsprechende Wildbretmasse ihrer Altersklasse haben, im Körperbau zurückblieben sind und im Interesse der Qualitätssicherung erlegt werden müssen. Hierunter fallen auch bunte Stücke, falls sie die Altersklasse der Überläufer und Zweijährigen überschritten haben.
- **Abschussnotwendige 2-jährige Keiler sind:**
  Keiler der Altersklassen Überläufer und Zweijährige mit geringer Wildbretmasse und einem Körperbau, der deutlich sichtbar die Normalleistung dieser Altersklassen nicht erreicht, sowie alle bunten Stücke.

Bejagung der Bachen

Ohne eine gezielte Bejagung der Zuwachsträger, also der Bachen, wird der Jäger eine nachhaltige Reduzierung des Schwarzwildbestandes nicht erreichen. Eine solche Maßnahme ist nur auf der Gesamtfläche einer Hegegemeinschaft oder großräumiger Jagdgebiete zu realisieren. Der Bachenabschuss muss geplant werden, sonst kann einer Übervermehrung nicht entgegen gewirkt werden. Es ist dabei zu beachten, dass zu jeder Jahreszeit mit beschlagenen und führenden Bachen gerechnet werden muss.

Das gestörte Altersklassenverhältnis mit einem zu den Bachen hin verschobenen Geschlechterverhältnis, Fütterungen und ein Überangebot von Kirrungen sind wesentliche Ursachen für die zu hohen Schwarzwildbestände.

Die Bejagung der Bachen ist auf die Formel zu reduzieren, Frischlingsabschuss = Zahlabschuss ohne Begrenzung. Je mehr Frischlinge erlegt werden, desto besser ist der zukünftige Altersklassenaufbau zu überschauen. Mit der Altersklasse 1 beginnt der Wahlabschuss bei den Überläuferbachen. Geschont werden nur führende Bachen bis zu dem Zeitpunkt, wo ihre Frischlinge selbständig durchkommen werden. Unbejagt bleiben Leitbachen des Familienverbandes, die für den Erhalt der Populationsstruktur von Bedeutung sind.

Das Schwarzwild stellt sich im Frühjahr als Waldbestand in feldnahe Einstände um. Unterwuchsreiche Feldgehölze, Schilfpartien der Seen und Brüche oder feldnahe dichte Nadelholzbestände werden von einer gemischten Rotte als Einstand gewählt. Hier ergeben sich gute Möglichkeiten zum Ansprechen.

Die *gemischte Rotte* besteht aus der *Leitbache*, ihren Frischlingen von diesem Jahr und ihren letztjährigen Frischlingen, die nun zum *Überläufer* umgesetzt haben. Viele dieser Überläuferbachen sind ebenfalls führend. Hinzu kommen noch nahe verwandte Bachen mit ihrem Nachwuchs. Einzelne geringe Überläuferkeiler sind noch im Verband, während sich die stärkeren schon abgesondert haben.

Die älteren führenden Bachen haben bis in den Sommer hinein noch Reste der Winterschwarte an den Tellern, Flanken und Kamm. Dies ist auch ein Hauptmerkmal beim Ansprechen. Erscheinen sie allein zum Fraß sind die Frischlinge noch im Wurfkessel oder in Deckung abgelegt.

Einige geringe Überläuferkeiler und nicht führende Überläuferbachen haben schon zur Sommerschwarte umgehaart und sind daran leichter anzusprechen. Alle älteren Bachen werden in dieser Zeit nicht bejagt. Führende Bachen haben einen schmalen Habitus, mit deutlich sichtbaren Gesäuge.

Auf den Fraßplätzen werden die nicht führenden Stücke abgebissen, sie halten sich etwas abseits. Hier besteht durch das Ansprechen die Möglichkeit zu erkennen, welche Bachen nicht führend sind – aber durchaus beschlagen sein könnten – und erlegt werden können.

Wenn sich die Felder, bestockt mit Mais, Getreide, Raps u. a. geschlossen haben und Deckung bieten, stecken die Sauen ganztags in den riesigen Schlägen und wechseln erst abends auf angrenzende Feldflächen, die Fraß bieten, oder sie verbleiben im Getreideschlag.

Auch zu dieser Zeit sind gemischte Rotten anzutreffen. Die führenden Bachen haben jetzt zur Sommerschwarte umgehaart, auch das Gesäuge ist auf Jagdglasentfernung zu erkennen. Die Frischlinge haben eine verwertbare Wildbretmasse erreicht. Einzeln ziehende Stücke sind Überläuferkeiler oder junge Keiler. Die Bejagung gilt vorrangig den Frischlingen (Zahlabschuss!) und den einzeln ziehenden oder in der gemischten Rotte befindlichen geringen, nicht führenden *Überläuferbachen.* Frischlinge verursachen mehr Schaden als Einzelstücke. Auch im Spätherbst, wenn die Sauen auf die abgeernteten Felder wechseln, lassen sich nach genauem Ansprechen der Rottenzusammensetzung die nicht führenden Stücke ansprechen.

Wenn nach der Ernte im Feld nicht mehr genügend Deckung für die Rotte vorhanden ist, ziehen die Sauen in ihre Waldeinstände zurück. Sie beziehen aber auch die Uferpartien verlandeter Seen mit großen Schilfgebieten, die ganzjährig neben pflanzlichen auch tierischen Fraß bieten. In Jahren einer Eichel- oder Buchenmast, stecken die Sauen in den nahen Nadelholzdickungen eines geschlossenen Waldgebietes. Da nun die Frischlinge auch ohne die Führung ihrer Bache durch die kalte Jahreszeit kommen, sollte ab Oktober bis Januar die Bejagung der Bachen als ein gezielter Wahlabschuss zur dringend notwendigen Reduzierung der *Zuwachsträger* erfolgen. In dieser Zeit kann unbedenklich die eine oder andere junge Bache der Rotte entnommen werden.

Die *Leitbache* sowie die *zweite* oder etwa *gleichstarke Bache* ist zu schonen. Kommt eine der starken Bachen versehentlich zur Strecke, übernimmt die verbliebende Bache die Leitbachenrolle. Stehen die Sauen fest im Gebräch, wird die Zusammensetzung der Rotte beobachtet und eine rangniedrige Bache erlegt, die keine oder nur eine geringe Anzahl von Frischlingen führt.

Bei annährend gleichstarken Stücken der Rotte wird das günstig im Schussfeld stehende Stück erlegt. Meist wird dann eine Überläuferbache oder eine geringe, junge Bache gestreckt. Ältere, reife Bachen, die nicht führen, halten sich beim Brechen abseits. Auch solche Stücke können erlegt werden, wenn sie ohne Zweifel nicht als Leitbache zu erkennen sind.

Nutzt der Jäger für den gezielten Wahlabschuss bei den Bachen den Spätherbst und frühen Winter, so kann er sich ab Februar auf die Frischlinge konzentrieren, die an Größe und Färbung leicht anzusprechen sind. Alle größeren Stücke sind dann von der Bejagung zurückgestellt.

Die zur *Unzeit frischenden Bachen*, die also im Spätherbst bis in die Wintermonate hinein noch gestreifte Frischlinge führen, sind ebenfalls zu bejagen, allerdings erst, nachdem man sämtliche Frischlinge erlegt hat.

Merke: Hauptabschusszeiten für Bachen sind die Monate Oktober bis Mitte Januar. Wird der Bachenabschuss nach den erläuterten Gesichtspunkten vorgenommen, leidet die Sozialstruktur des Familienverbandes darunter nicht, sondern wird nachhaltig gefördert.

Altersermittlung beim männlichen Schwazwild – Formzahl der Gewehre nach Brandt –

Im Gegensatz zu anderen Schalenwildarten, bei denen das Ansprechen der Trophäe am lebenden Stück in freier Wildbahn erfolgen kann, ist beim Schwarzwild erst nach dem Erlegen und dem Herauspräparieren der Waffen eine Bewertung möglich.

Im Laufe der möglichen Lebenszeit eines Keilers wachsen die Gewehre vom Unterkieferzahnfach bis zur Spitze jährlich etwa 3,5 cm und werden durch den Schleifvorgang zwischen Haderern und Gewehren beim Brechen und Kauen etwa 2 bis 2,5 cm im Jahr abgeschliffen.

Demnach hat ein junger Keiler stets ein breiteres Gewehr an der Basis, also im unmittelbaren Bereich der Zahnpulpa, als oben an der Schleifecke, d. h. an der Austrittsstelle des Gewehrs aus dem Unterkiefer.

Würde der jährliche Abschliff nicht stattfinden, würden die Gewehre unendlich im Kreis wachsen, bis sie wieder den Wurf erreichen. Deutlich sichtbar wird dies an den Gewehren, die infolge einer Schussverletzung durch den Oberkiefer mit Zertrümmerung der Haderer fast den Vollkreis erreichten.

Mit etwa 4 Jahren hat das Gewehr an der Basis seinen breitsten Durchmesser erreicht. Nun vergehen nochmals 3 bis 4 Jahre, bis dieser größte Durchmesser bis zur Schleifecke emporgewachsen ist. Der Keiler ist dann mit etwa 8 Jahren reif, das Gewaff hat seine größte Stärke. Nun wurde versucht, anhand der Länge des Abschliffs der Gewehre das ungefähre Alter des Keilers zu ermitteln.

Dabei gilt:

Abschliff in cm plus 1 = Alter des Keilers in Jahren.

Diese Methode ist aber sehr ungenau und ihre Sicherheit statistisch nicht beweisbar. Sie kann allenfalls als Faustregel gelten: Schon die unterschiedliche Stellung der Gewehre oder Haderer führen zu unterschiedlich langen Schleifflächen auf den Gewehren und verfälschen so das Alter!

Am genauesten ist die Altersschätzung nach Abschliff der Molaren im Unterkiefer (Lockow/Stubbe, 1994: Alters- und Qualitätsbestimmung des erlegten Schalenwildes).

Ein schnell zu handhabender Hilfswert zur Altersschätzung ist die Formzahl nach Brandt. Hierzu wird mit einer Schieblehre der Durchmesser des herauspräparierten Gewehres an der Basis und an der Schleifecke gemessen. Aus dem Quotient beider Werte (Durchmesser an der Basis dividiert durch Durchmesser an der Schleifecke), ergibt sich eine Formzahl, die die Abformigkeit oder Vollformigkeit des Gewehres ausdrückt.

$$\textbf{Formzahl} = \frac{\textbf{Durchmesser an der Basis}}{\textbf{Duchmesser an der Schleifecke}}$$

Durch eine Vielzahl von Messungen, die statistisch gewertet wurden, konnte Brandt eine Tabelle der Durchmesser-Erwartungswerte erstellen, die ein gutes Einstufen der Keilerwaffen in die Altersklassen und nach geschätzten Alter gewährleistet.

1 >>

Grundlage ist der Durchmesser der Gewehre im eindeutig feststellbaren Überläuferalter: bei Ausgangswerten von 15 mm = geringe Veranlagung, bei 18 mm = gute Veranlagung.

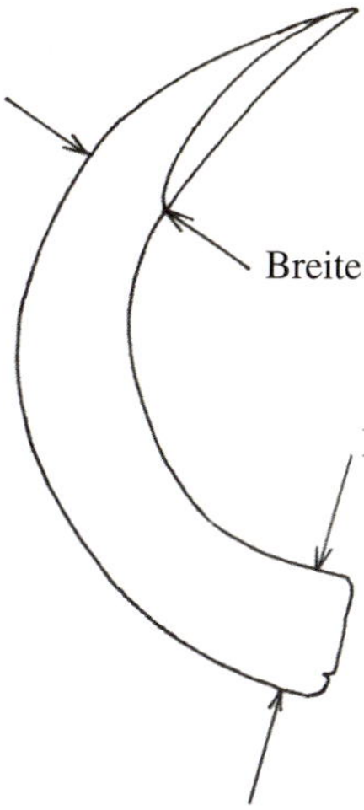

Messpunkte an der herauspräparierten Keilerwaffe

Formzahl und Erwartungswerte

Alter Jahre	Formzahl der Gewehre nach Brandt	Erwartungswerte des Gewehdurchmessers bei Breite an der Basis von:	
		15 mm	18 mm
1 bis 2	1,80	15,0	18,0
2 bis 3	1,50	18,0	21,6
3 bis 4	1,30	20,0	24,0
4 bis 5	1,20	21,5	25,8
5 bis 6	1,12	22,6	27,1
6 bis 7	1,08	23,4	27,8
7 bis 8	1,05	24,0	28,4
8 bis 9	1,03	24,4	28,9
9 bis 10	1,01	24,6	29,2
10 bis 11	1,00	24,6	29,2

Keilergewehre mit einer Formzahl zwischen 1,12 und 1,00 gehören damit also zu den reifen, alten Keilern, höhere Formzahlen weisen den jungen Keiler aus.

Altersbestimmung nach der Zahnentwicklung der Schneidezahnfront

An den vorhandenen Schneidezähnen des Unterkiefers lässt sich das Alter bis zum 24. Monat nach Monaten anhand des Zahnwechsels annähernd bestimmen. Mit 3 Wochen sind die ersten Schneidezähne (i_1) ausgeschoben. Im weiteren Verlauf, bis spätestens dem 3. bis 4. Monat, ist dann das Milchgebiss (i_2, i_3) vorhanden, das bis zum 18./20. Monat zum Dauergebiss umzahnt, siehe Abb. 2 bis 9.

Zahnentwicklung der Schneidezahnfront

Alter	Abb.-Nr.	Grad der Entwicklung
3 bis 4 Monate	**2 >>**	äußere Schneidezähne i_3, stiftförmig
5 bis 10 Monate	**3 >>**	inneres sowie mittleres Paar bilden eine Schneidezahnfront i_1,i_2, Zahndurchmesser 4 bis 5 mm
10 bis 12 Monate	**4 >>**	Wechsel der äußeren Schneidezähne I_3
12 bis 14 Monate	**5 >>**	äußere Schneidezähne I_3 nicht mehr stiftförmig
14 bis 16 Monate	**6 >>**	Wechsel der inneren Schneidezähne I_1, deutlicher Längenunterschied
18 bis 20 Monate	**7 >>**	Wechsel der mittleren Schneidezähne I_2, keine gerade Schneidezahnfront
21 bis 24 Monate	**8 >>**	Schneidzahnfront gerade, I_2 zeigt kaum Abnutzung, Zahndurchmesser 6 bis 7mm
über 24 Monate	**9 >>**	Schneidezahnfront gerade, Schneidezähne I_1 und I_2 werden abgenutzt, bei I_2 erst beginnend

i_1, i_2, i_3 = Milchgebiss; I_1, I_2, I_3 = Dauergebiss

3–4 Monate

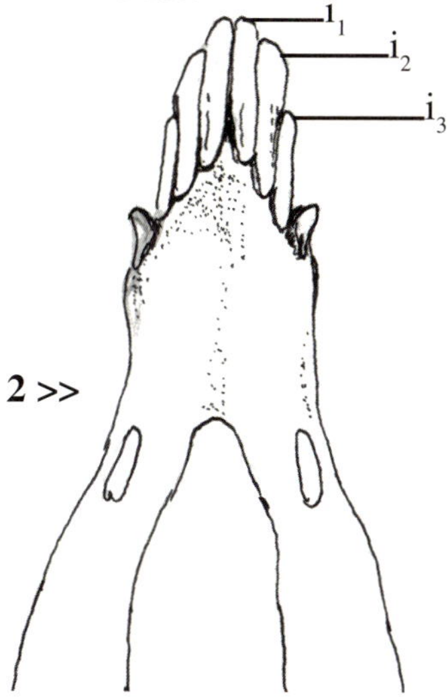

5–10 Monate

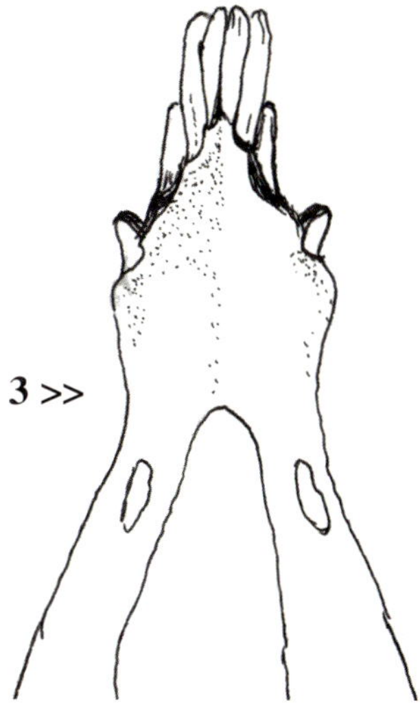

10–12 Monate

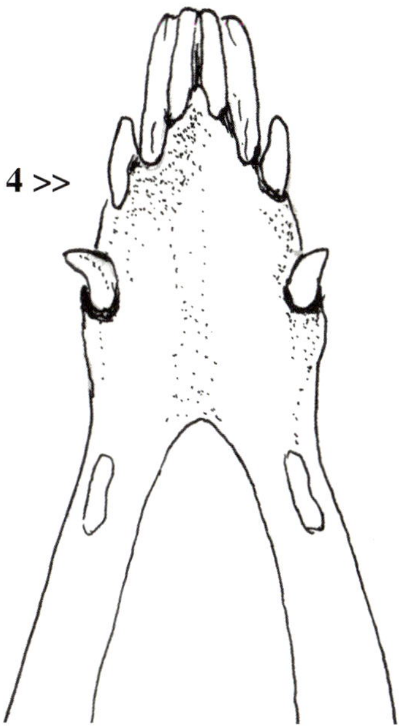

12–14 Monate

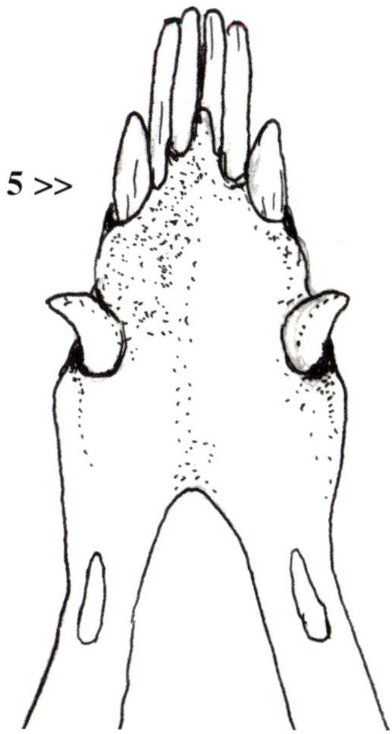

14–16 Monate

6 >>

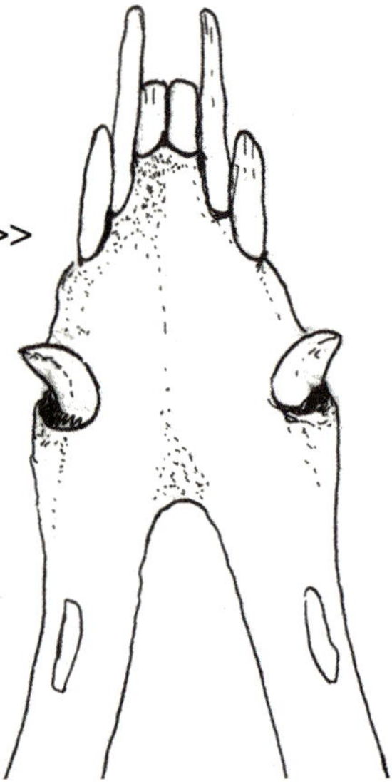

18–20 Monate

7 >>

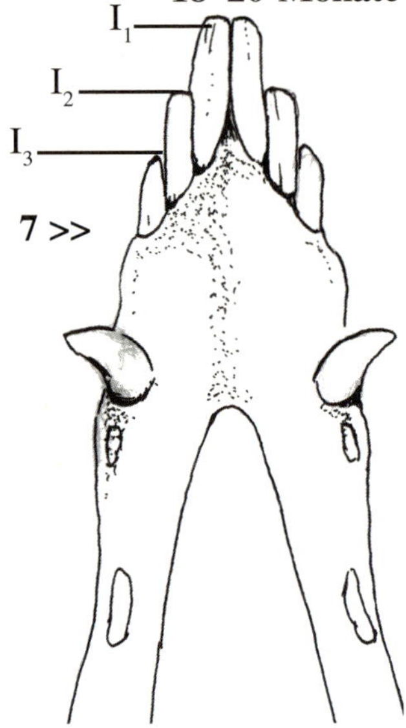

21–24 Monate

8 >>

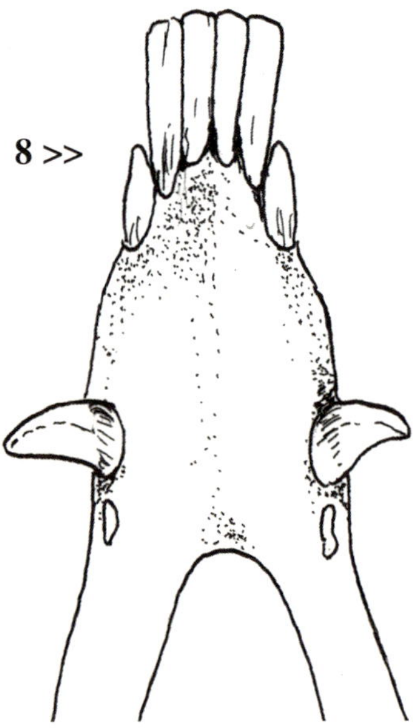

über 24 Monate

9 >>

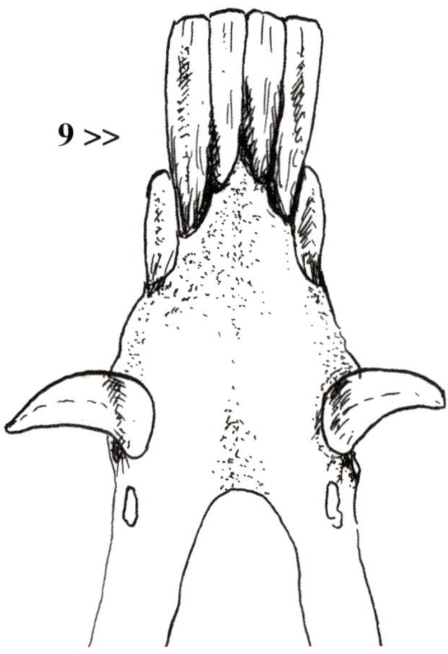

Ansprechen des männlichen Schwarzwildes

Altersmerkmale der Keiler

	Frischling	Überläufer	2- bis 4-jährige Keiler	Alte, reife Keiler
Kopf	kurz, kindlich	noch jugendliches Aussehen, schmal, lang, kleine Teller, kurz behaart, Wülste stülpen sich empor	kräftig, kurz gedrungen, zum Körper deutlich abgesetzt, kräftige Wülste, Teller groß mit langen schwarzen Borsten	stark, kräftig, ohne Absatz im Rumpf übergehend, ein Drittel der Körperlänge, Wülste weit hochgezogen, Waffen sichtbar
Figur	klein, rundlich	gleichmäßige Körperproportionen, Läufe verhältnismäßig kurz und dunkel behaart	massig, Verlagerung der Körpermasse auf die Vorderläufe, Vorderläufe wirken stärker und kürzer	urig, massig, Körpermasse liegt auf den Vorderläufen
Rückenlinie	gerade	gerade, Körpermitte leicht gewölbt	Absatz zwischen Kopf und Nacken nach hinten abfallend	stark abgesetzt, Körpermitte hochgewölbt, hinten abfallend
Pürzel	noch nicht sichtbar	dünn, kurze Quaste bis zum Sprunggelenk	kräftig, lange, starke Quaste reicht über das Sprunggelenk	sehr kräftig, reicht weit über das Sprunggelenk
Pinsel	noch nicht sichtbar	im Sommer zu erkennen, im Winter nicht	deutlich sichtbar, auch im Winter	sehr deutlich sichtbar
Verhalten	nur in der Rotte	bis zum Herbst in der Rotte, dann Einzelgänger, lebhaft, zeitig auf den Läufen	Einzelgänger, aktive Teilnahme an der Rauschzeit, vorsichtig und unstetig	Einzelgänger, heimlich, unstetig, hält keinen Wechsel, hoch aktiv in der Rauschzeit
Sommerschwarte	rostrot/rostbraun, Frischlingsstreifen	silber- bis schwarzgrau	silber- bis schwarzgrau	silber- bis schwarzgrau
Winterschwarte	Frischlingsstreifen verschwunden, rotbraun	im April noch brauner Farbton auf der Keulenpartie	grau, schwarz, kräftige Borsten, lange Kammfedern	grau, schwarz, kräftige Borsten, lange Kammfedern

Ansprechen nach Kopf und Gesichtsausdruck

Frischling **10 >>**

Beim männlichen sowie beim weiblichen Stück folgende Merkmale: kindliche Kopfform stumpf wirkend; um das Gebrech ein heller Schimmer; Wurf und Scheibe im Verhältnis zum Kopf noch verhältnismäßig groß; Teller klein und kurz beborstet. Die Schwarte zeigt eine bräunlichgelbe Färbung.

Überläuferkeiler **11 >>**

Kopfform etwas stärker, aber noch jugendliches Aussehen; weißer Schimmer am Gebrech nicht mehr vorhanden. Am Wurf beginnen sich die Wülste leicht aufzustülpen; Teller kurz und kräftig beborstet. Bräunlicher Farbton der Schwarte noch erkennbar.

Zweijähriger Keiler **12 >>**

Kopf bereits kurz und kräftig; der jugendliche Ausdruck ist verschwunden. Die Wülste haben sich weiter empor geschoben, sodass am erlegten Stück schon die Spitzen der Gewehre und Haderer sichtbar sind. Die Teller sind im Winterhaar mit harten, kurzen, dunklen Borsten versehen.

Mittelalter Keiler, 3- bis 4-jährig
Kräftiger, kurzer, gedrungener Kopf mit einem würdevollen Ausdruck; auf kurzer Distanz ist bei gutem Licht das Hervortreten der Waffen bereits zu erkennen, deutlich markiert durch die kräftigen Wülste. Der Teller ist groß, mit langen schwarzen Borsten am Rand.

13 >>

Starker Keiler, etwa 8- bis 9-jährig – Hauptschwein
Starker, kräftiger Kopf, der durch den kräftigen Wurf kurz und gedrungen wirkt. Gesichtsausdruck ist urig und mürrisch. Aufgrund der weit hochgezogenen Wülste ist das Gewaff deutlich zu erkennen. Die Teller sind groß, mit kräftigen schwarzen Borsten. Die Länge des Kopfes entspricht fast einem Drittel der gesamten Körperlänge.

14 >>

Ansprechen nach Körperstärke und Form

Frischling 15 >>

Überläuferkeiler 16 >>

Mittelalter Keiler 17 >>

Alter Keiler 18 >>

Ansprechen nach Altersklasse und Körperstärke

Altersklasse 0

Frischling in der Sommerschwarte

Das Geschlecht ist bei dieser Altersklasse der Frischlinge nicht ansprechbar. Auffällig sind die kurze, kindliche Kopfform und der helle Schimmer am Wurf. Bis zum 2. Lebensmonat deutliche braungelbe Streifung, die im 5. bis 6. Lebensmonat, also im Juli/August, verschwindet. Der Pürzel ist dünn und kurz. Im Verhalten ist eine sehr enge Bindung an die Mutterbache erkennbar, neben der Nahrungsaufnahme lebhaftes, spielerisches Umhertollen, kleine Rangeleien, Schulterstemmen und Kopfboxen.

19 >>

Frischling in der Winterschwarte

Der Kopf hat immer noch die kindlichen Formen. Als Unterscheidungsmerkmal zum Überläufer hat die Schwarte beim Frischling einen rotbraunen Anflug. Der Pürzel ist dünn und kurz, reicht bis über die Mitte der Keulen. Die Läufe sind verhältnismäßig kurz und dunkel behaart. Bei gutem Licht und auf kurze Distanz kann man manchmal in diesem Alter beim männlichen Frischling den Pinsel erkennen.

20 >>

Merke: In der Altersklasse 0 – Frischlinge – ist das Geschlecht nicht ansprechbar, nur im Vergleich der Stücke in Bezug auf die Körperstärke, die in den Familienverbänden je nach Frischdatum von Wurf zu Wurf unterschiedlich sein kann. Daher stets den Zahlabschuss planen.

Altersklasse 1

Überläufer in der Sommerschwarte

Kopf: Wirkt durch die Sommerschwarte sehr schmal und langgestreckt; jugendlicher Ausdruck. Am Gebrech leichtes Aufstülpen der Wülste. Kleiner Teller, kurz behaart.
Figur: Durch das kurze Sommerhaar ein sehr hochläufiger Ausdruck; gleichmäßig verteilte Körperproportionen.
Rückenlinie: Gerade, in der Körpermitte leicht gewölbt.
Pürzel: Dünn, mit kurzer geringer Quaste, die bis vor das Sprunggelenk reicht.
Pinsel: An der Bauchseite erkennbar.
Verhalten: Lebt bis zum Herbst in der Überläuferrotte oder in der gemischten Rotte.
Schwarte: Der bräunliche Farbton der Schwarte ist mit dem Haarwechsel verschwunden. Die Schwarte ist jetzt einfarbig hell bis dunkelgrau.

21 >>

Merke: Außer den Frischlingen bilden die Überläufer mit 15 bis 25% den Hauptanteil am jährlichen Abschuss. Scharfe Auslese in der Klasse der Überläufer fördert das Heranwachsen starker Keiler und wirkt sich auf den Altersklassenaufbau günstig aus. Beim Wahlabschuss ist jeweils das geringsste Stück zu strecken. Hauptmerkmale des Ansprechens sind Körperform, Pinsel und Pürzel.
Starke Überläuferkeiler haben bis zu 60 kg Wildbretmasse, im Herbst unter Umständen schon 80 kg. Zu erlegen sind schwache Überläuferkeiler sowie weißbunte Stücke ohne Rücksicht auf die Körperstärke.

Altersklasse 1

Überläuferkeiler in der Winterschwarte

Kopf: Durch die längeren Borsten der Winterschwarte kürzer und stumpfer wirkend als vorher; jugendlicher Ausdruck verschwunden. Wurf gewölbt, Wülste sichtbar; Spitzen des Gewaffs treten leicht hervor.
Figur: Etwas massiger als in der Sommerschwarte.
Rückenlinie: Leicht gewölbt, besonders bei hochgestellten Federn.
Pürzel: Etwas stärker als vorher; Quaste reicht knapp bis zum Sprunggelenk.
Pinsel: An der Bauchseite zu erkennen.
Verhalten: Bis zur Rauschzeit hält er sich noch in der Überläuferrotte oder in der gemischten Rotte auf. Sehr lebhaft und in ruhigen Revierteilen zeitig zum Fraß auf den Läufen. Zur Rauschzeit wird er von älteren Keilern abgeschlagen.
Schwarte: Im April noch brauner Farbton auf der Keulenpartie.

22 >>

Altersklasse 1

Trophäen von Überläuferkeilern unterschiedlicher Körperstärke und Entwicklung

Überläuferkeiler, erlegt im Juli, Wildbretmasse aufgebrochen 32 kg: **23 >>**

Länge der Gewehre (Durchschnitt beider Gewehre):	100 mm
Hadererumfang:	54 mm
Breite der Gewehre an der Basis:	18 mm
Breite der Gewehre an der Schleifecke:	11 mm

Formzahl nach Brandt = 1,6 **Alter: 2-bis 3-jährig**

Überläuferkeiler, erlegt im Dezember, Wildbretmasse aufgebrochen 39 kg: **24 >>**

Länge der Gewehre (Durchschnitt beider Gewehre):	130 mm
Hadererumfang:	54 mm
Breite der Gewehre an der Basis:	19 mm
Breite der Gewehre an der Schleifecke:	12 mm

Formzahl nach Brandt = 1,5 **Alter: 2- bis 3-jährig**

Überläuferkeiler, erlegt im März des Folgejahres, Wildbretmasse aufgebrochen 56 kg: **25 >>**

Länge der Gewehre (Durchschnitt beider Gewehre):	165 mm
Hadererumfang	58 mm
Breite der Gewehre an der Basis	24 mm
Breite der Gewehre an der Schleifecke	15 mm

Formzahl nach Brandt = 1,5 **Alter: 2- bis 3-jährig**

Merke: Überläuferkeiler sind zu erlegen, wenn sie in der Körperstärke unter dem Durchschnitt der Rotte liegen: Wahlabschuss nach der Körperstärke.
Die „Trophäe“ kann nicht angesprochen werden.

Altersklasse 2

Mittelalter Keiler in der Sommerschwarte

Haupt: Im Sommer langgestreckt, massiger als beim Überläuferkeiler. Auf kurze Entfernung sind besonders in der Sommerschwarte deutlich die hochgezogenen Wülste und die Spitzen der Gewehre und der Haderer zu sehen.
Figur: Massiger und kurz; Vorderläufe stärker; Verlagerung der Körpermasse nach vorn.
Rückenlinie: Beim Übergang vom Kopf zum Nacken leicht abgesetzt, besonders bei älteren Stücken verschwindet dieser Absatz allmählich.
Pürzel: Stärker als beim Überläuferkeiler und mit längerer Quaste, die bis über das Sprunggelenk reicht.
Pinsel: Deutlich zu erkennen; Kurzwildbret stärker ausgeprägt.
Verhalten: Stets Einzelgänger, zieht erst zur Rauschzeit zur Rotte und schlägt dort geringere Bewerber ab. Vorsichtig, sichert lange vor dem Auswechseln am Dickungsrand, leises Umhertreten, holt sich Wind und verdrückt sich bei „schlechter Wittrung“ heimlich. Erscheint erst im Dunkeln zum Fraß. Geringe Zweijährige beteiligen sich bei gestörtem Altersklassenverhältnis an der Rausche und kommen zum Beschlag.
Schwarte: Silber bis schwarzgrau.

26 >>

Merke: Junge und mittelalte Keiler sind nicht jagdbar und zu schonen. Sie sollten das Einwachsen dieser Altersklasse in die Reifeklasse garantieren. Ausnahmen bilden die deutlich sichtbar kranken Stücke und weißbunte Keiler bzw. Stükke, die als „Schadkeiler“ in landwirtschaftlichen Kulturen oder Gartenanlagen stark zu Schaden gehen. Erfolgt in der Altersklasse 0 und 1 ein starker Abschuss – hohe Nutzung der Jugendklasse –, kommen nach Möglichkeit nur die körperlich stärksten in diese Reifeklasse und garantieren damit einen naturgemäßen Altersklassenaufbau.

Altersklasse 2

Mittelalter Keiler in der Winterschwarte

Kopf: Kräftiger und stumpf, zum übrigen Körper deutlich abgesetzt. Starker Wurf, hochgezogene Wülste. Bei fünfjährigen Stücken sind bei guten Lichtverhältnissen schon Gewehre und Haderer zu erkennen.
Figur: Massig und kurz; besonders deutlich ist die Verlagerung der Körpermasse nach vorne zu erkennen; steht auf den kurzen und kräftigen Läufen niedriger als der Zweijährige.
Rückenlinie: Besonders bei älteren Stücken Absatz zwischen Kopf und Nacken langsam verschwindend. Ab der Körpermitte fällt die Rückenlinie zu den Keulen hin ab. In der Winterschwarte durch die Kammfedern deutlich abgesetzt.
Pürzel: Kräftig und lang mit starker Quaste, die über das Sprunggelenk reicht.
Pinsel: Bereits ausgeprägt, ebenso das Kurzwildbrett; auch im Winterhaar zu erkennen.
Verhalten: Stets Einzelgänger, Wechselt nur zur Rauschzeit zur Rotte und schlägt dort geringe Keiler ab. In Erregung werden die Kammfedern handhoch aufgestellt und ausgerichtet, sodass das Stück noch stärker und massiger wirkt. Vorsichtig und heimlich sichert der Keiler vor dem Auswechseln.
Schwarte: Grau-schwarz mit kräftigen Borsten und langen Kammfedern.

27 >>

Merke: Mittelalte Keiler sind grundsätzlich zu schonen. Hauptmerkmal für das Ansprechen sind die Körperstärke, der Pürzel mit langer Quaste und die stark hervortretenden Wülste im Gebrech. Solche Keiler sollen das Zielalter von 8 Jahren und damit eine starke Trophäe erreichen.

Altersklasse 2

Trophäen junger und mittelalter Keiler

2- bis 3-jähriger Keiler, erlegt im Mai, Wildbretmasse 68 kg (gut durch den Winter gekommen):

Länge der Gewehre im Durchschnitt:	143 mm
Hadererumfang:	64 mm
Breite der Gewehre an der Basis:	19 mm
Breite der Gewehre an der Schleifecke:	13 mm

Formzahl nach Brandt = 1,46

28 >>

3- bis 4-jähriger Keiler, erlegt August, Wildbretmasse 87 kg:

Länge der Gewehre (Durchschnitt beider Gewehre):	174 mm
Hadererumfang:	64 mm
Breite der Gewehre an der Basis:	22 mm
Breite der Gewehre an der Schleifecke:	17 mm

Formzahl nach Brandt = 1,29

29 >>

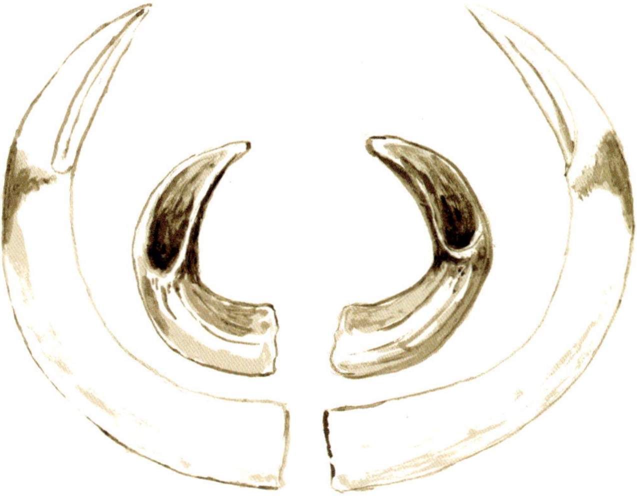

Altersklasse 2

Trophäen junger und mittelalter Keiler

4- bis 5-jähriger Keiler, erlegt September, Wildbretmasse 85 kg:

Länge der Gewehre (Durchschnitt beider Gewehre):	194 mm
Haderumfang:	72 mm
Breite der Gewehre an der Basis:	24 mm
Breite der Gewehre an der Schleifecke:	20 mm

Formzahl nach Brandt = 1,2

30 >>

5- bis 6-jähriger Keiler, erlegt Juli, Wildbretmasse 88 kg:

Länge der Gewehre (Durchschnitt beider Gewehre):	182 mm
Haderumfang:	72 mm
Breite der Gewehre an der Basis:	23 mm
Breite der Gewehre an der Schleifecke:	21 mm

Formzahl nach Brandt = 1,09

31 >>

Merke: Die Trophäen sind nicht ansprechbar! Bei gutem Licht sind zwar die Waffen leicht zu sehen, aber deren Stärke ist niemals zu erkennen. Der Jäger spricht nur nach Körperstärke und Gesundheitszustand an. Das Ansprechen des einzeln erscheinenden Keilers ist äußerst schwierig. Dazu kommt, dass auch ein Hauptschwein in schlechtem Ernährungszustand einen geringeren Keiler vortäuscht, jedoch ein 3- bis 4-jähriger Keiler in gutem Ernährungszustand nach der Körperstärke schon einem Hauptschwein gleichen kann.
Junge und mittelalte Keiler sollten deshalb vom Abschuss verschont werden. Die Trophäe – das Gewaff – kann erst nach der Präparation begutachtet und bewertet werden.

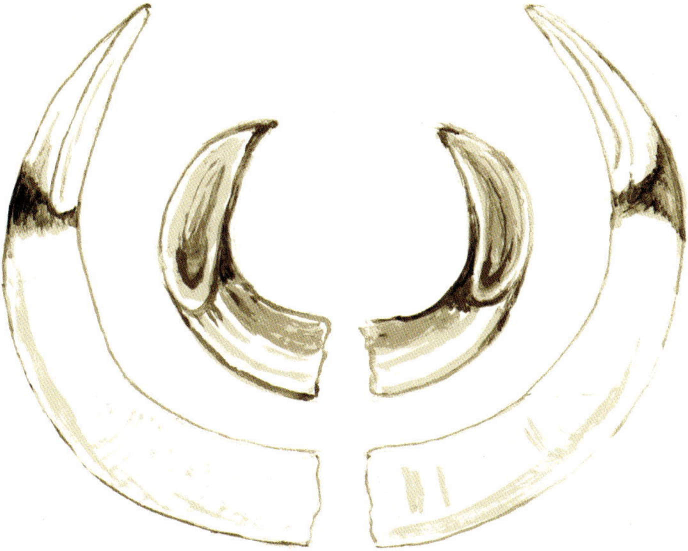

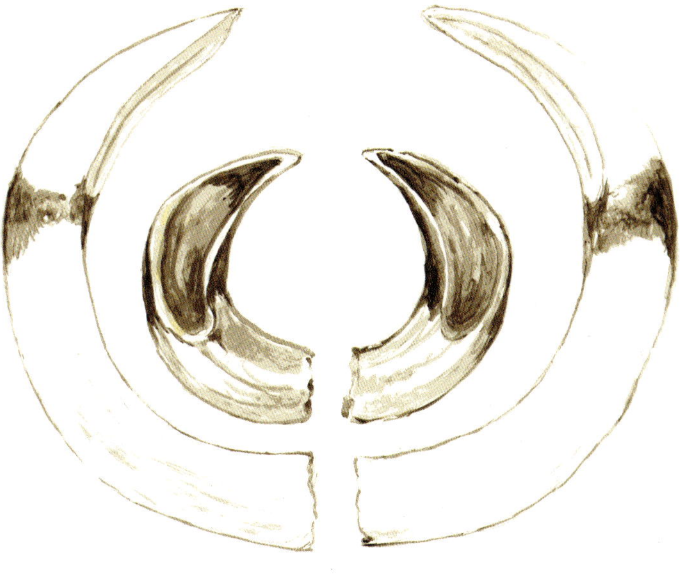

Altersklasse 2

Reifer, alter Keiler – Hauptschwein – in der Sommerschwarte

Kopf: Schwer und massig ohne Absatz in den Rumpf übergehend. Länge des Kopfes fast ein Drittel der gesamten Körperlänge. Das Gewaff ist deutlich sichtbar. Die Wülste sind stark hochgezogen.

Figur: Ausgesprochen massig und demzufolge uriges Aussehen, deshalb auch die Bezeichnung Hauptschwein. Der größte Teil der Körpermasse liegt in der vorderen Körperhälfte, nach hinten wird die Körpermasse etwas geringer. Kräftige, kurz wirkende Vorderläufe.

Rückenlinie: Stark abgesetzt; über dem Rückgrat bis weit in die Körpermitte hochgewölbt. Absatz von der Keulenpartie zum Pürzelansatz stark abfallend.

Pürzel: Sehr kräftig und lang mit starker und langer Pürzelquaste, die weit über das Sprunggelenk nach unten reicht.

Pinsel: Stark entwickelt, ebenso das Kurzwildbret.

Verhalten: Sehr heimliche Lebensweise, unstetig; hält nie seine Wechsel regelmäßig ein, sondern wandert weite Strecken und hält sich selten länger in einem Revier auf. Deshalb sind auch Zufallsbegegnungen mit dem Jäger die Regel. Sichert sehr lange vor dem Auswechseln und tritt am Dickungsrand unruhig, aber leise umher, bevor er austritt.

Schwarte: Im Sommer kurze silber- bis schwarzgraue Borsten, am Teller; etwas stärker behaart. **32 >>**

Merke: Starke, reife Keiler, haben in der Entwicklung ihres Gewaffs mit etwa 7 bis 8 Jahren ihr Optimum erreicht. Sie sind das erstrebenswerte Ziel jedes passionierten Schwarzwildjägers. Das Erlegen sollte außerhalb der Rauschzeit erfolgen, möglichst zur Zeit seiner höchsten Körpermasse. Hauptmerkmale für das Ansprechen sind die urige Figur, die nach hinten stark abfallende Körperlinie, das sichtbare Gewaff sowie der Pürzel und der Pinsel.

Altersklasse 2

Reifer, alter Keiler – Hauptschwein – in der Winterschwarte

Kopf: Schwer und massig ohne Absatz in den Rumpf übergehend, Länge des Kopfes fast ein Drittel der gesamten Körperlänge.

Figur: Ausgesprochen massig und demzufolge uriges Aussehen, deshalb auch die Bezeichnung Hauptschwein. Der größte Teil der Körpermasse liegt in der vorderen Körperhälfte. Kräftige, kurz wirkende Vorderläufe.

Rückenlinie: Stark abgesetzt; über dem Rückgrat bis weit in die Körpermitte hochgewölbt. Absatz vor der Keulenpartie zum Pürzelansatz stark abfallend.

Pürzel: Kräftig, lang mit starker buschiger Quaste.

Pinsel: Sehr stark entwickelt, ebenso das Kurzwildbret, auch im Winterhaar sichtbar.

Verhalten: Sehr heimliche Lebensweise, unstetig; hält nie seine Wechsel regelmäßig ein, oft weite Wanderungen und nie lange in einem Revier präsent. Der starke Keiler macht aber trotzdem seine Runden ohne Einhaltung einer bestimmten Route oder Zeitfolge. Er ist nicht standorttreu; sichert sehr lange vor dem Auswechseln, um sich bei geringster Prise gefährlicher Wittrung heimlich zu verdrücken.

33 >>

Merke: Bei Ansitzdrückjagden oder beim Ausgehen der Fährte bei Neuschnee, kommt er oft überraschend auf dem Rückwechsel oder Einwechsel. Vor dem Einschieben in den Kessel macht er einige Widergänge. Der Kessel liegt häufig so, dass er eine herannahende Gefahr ausmachen kann. Schiebt sich bevorzugt in kleine Waldstücke der Feldmark oder auch in geschützte Dornenhecken ein.

Ansprechen der Waffen

**Waffen eines kapitalen, reifen und alten Keilers,
Alter 8 bis 9 Jahre, erlegt im Mai, 137 kg Wildbretmasse**

Länge des linken Gewehrs: 22,0 cm
Länge des rechten Gewehrs: 22,5 cm
Breite des linken Gewehrs: 29,0 cm
Breite des rechten Gewehrs: 28,8 mm
Umfang des linken Haderers: 7,8 cm
Umfang des rechten Haderers: 7,7 cm
Zuschläge (Regelmäßigkeit, Glanz, Färbung): 3,5 Punkte

Formzahl nach Brandt = 1,01

Internationale Punkte, insgesamt =128,0
(entspricht damit einer Goldmedaille)

Besonders auffallend ist die Breite der Gewehre bzw. die Krümmung und Färbung der Haderer, die von bemerkenswerter Schönheit sind.

34 >>

Waffen eines überalterten Keilers, über 10 Jahre

Länge der Gewehre
(Durchschnitt beider Gewehre): 14,5 cm
Hadererumfang im Durchschnitt: 8,0 cm
Breite der Gewehre an der Basis: 23 mm
Breite der Gewehre an der Schleifecke: 23 mm

Formzahl nach Brandt = 1,0

Die Gewehre sind so stark zurückgeschliffen, weil der jährliche Abschliff höher ist als der Zuwachs von der Basis her. Dieser Keiler war im Alter von 7 bis 8 Jahren weitaus besser in seiner Trophäe. Die Haderer sind dagegen noch gut.

35 >>

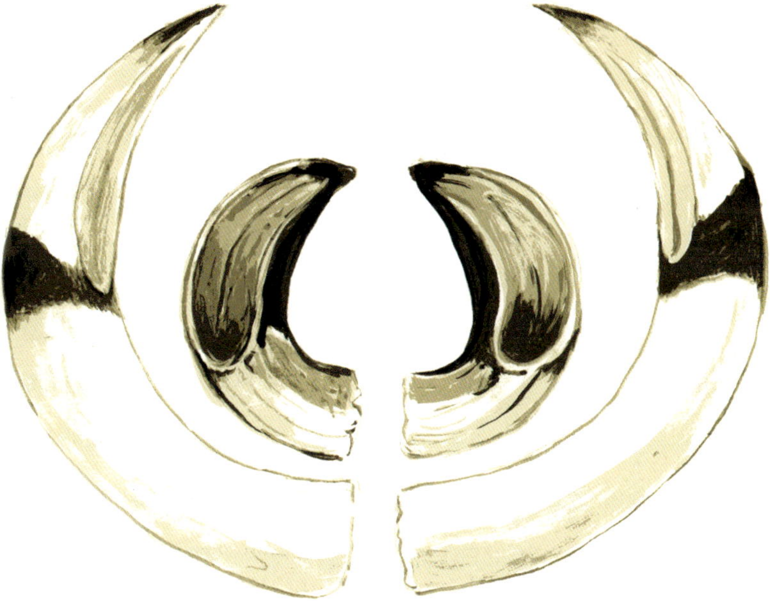

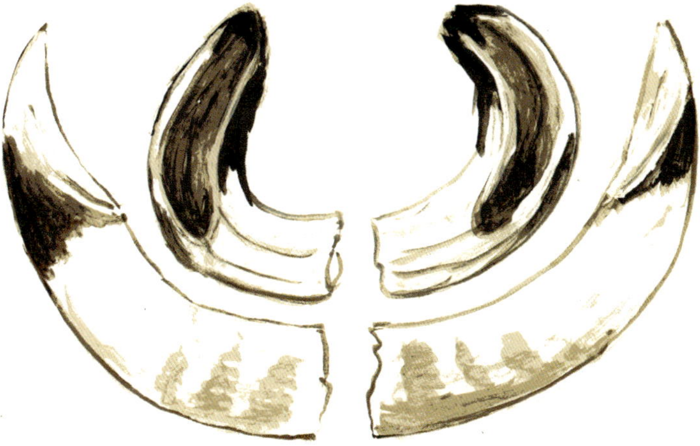

Abnormes Wachstum der Waffen nach Verletzungen

Beispiel 36: Keilerwaffen mit fehlerhafter Stellung der Haderer im Oberkiefer durch Schussverletzung zwischen Ober- und Unterkiefer. Nach Absplitterung der Gewehre führte dies zu einer extrem kurzen Schleiffläche. Die Haderer standen bei diesem Gewaff so steil über den Gewehren, dass kein Anschliff, sondern ein Abschliff erfolgte.

36 >>

Beispiel 37: Im linken Oberkiefer war der Haderer „herausgeschossen", dadurch erfolgte kein Abschliff des linken Gewehres mehr, dieses wuchs gekrümmt „unendlich" bis fast wieder zurück in den Unterkiefer. Der Keiler konnte das Gebrech nur sehr mühsam zur Nahrungsaufnahme öffnen und war daher stark abgekommen.

37 >>

Beispiel 38: Beide Haderer sind zerstört, deshalb wuchsen beide Gewehre in starker Krümmung „unendlich", da kein Abschliff mehr erfolgte. Das rechte Gewehr wuchs bereits wieder in den Wurf ein.

Länge des rechten Gewehrs:	34,0 cm
Länge des linken Gewehrs:	29,5 cm
Breite an der breitesten Stelle:	24,0 mm

38 >>

Merke: Bei Sauen mit Gebrechschüssen wird die Fraßaufnahme stark erschwert oder sogar unmöglich. Solche Stücke sind zum Kümmern oder zum Ludertot verurteilt. Ohne Rücksicht auf Alter und Geschlecht sind diese Stükken zu erlegen.

Ansprechen des weiblichen Schwarzwildes

Altersmerkmale der Bachen

	Frischling	Überläufer	junge bis mittel-alte Bache	Alte, reife Bache
Kopf	kurz, kindlich	schmal, keilförmig, jugendlicher Ausdruck	keilförmig mit langem Wurf, Wurfoberseite leicht gewölbt, Gesichtsausdruck ruhig-mütterlich	langgestreckter, keilförmiger Kopf, stark entwickelt, Wurfoberseite leicht gewölbt
Figur	klein, rundlich	lang und schlank	kräftig, langgestreckt mit starken Vorderläufen, Geltbache rundlich, beim führenden Stück Gesäuge erkennbar	gleichmäßig proportioniert
Rückenlinie	gerade	gerade, Körpermitte leicht gewölbt	gestreckt, in der Nackenpartie bis vor den Keulenansatz leicht eingefallen	gestreckt, beim sehr alten Stück leicht gesenkt
Pürzel	dünn	dünn ohne Quaste bis über das Sprunggelenk	länger, etwas stärker, reicht knapp bis unter das Sprunggelenk, quastenförmige Endborsten	lang, am Ansatz stark, dann dünn auslaufend bis unter das Sprunggelenk, quastenförmige Endborsten
Verhalten	lebhaft, nur in der Rotte	sehr lebhaft, nur in der Rotte	meist in gemischter Rotte mit vorjährigen Frischlingen, als Geltbache auch oft allein, als führende Bache sehr aufmerksam und misstrauisch	
Sommerschwarte	rostrot/rostbraun, Frischlingsstreifen	silber- bis schwarzgrau	silber- bis schwarzgrau, führende Bachen sehr spät im Haarwechsel, deshalb im Juni noch Reste des Winterhaars an Tellern, auf Keulen, Bauchseite und Rücken, nicht führende Stücke dagegen im Mai/Juni schon glatt und silbergrau	
Winterschwarte	Frischlingsstreifen verschwunden, rotbraun	im April noch brauner Farbton auf der Keulenpartie	grau, schwarz, kräftige Borsten, lange Kammfedern	

Ansprechen nach Kopf und Gesichtsausdruck

Frischling 39 >>

In der Kopfform und im Gesichtsausdruck bestehen zum männlichen Frischling keine Unterschiede. Auch beim weiblichen Frischling sind die kindliche Kopfform, der helle Schimmer um das Gebrech und die große Scheibe vorhanden. Die Schwarte hat braungelbe Tönung. Die typische Längsstreifung ist in der Winterschwarte verschwunden.

Überläuferbache 40 >>

Kopfform keilförmig, jugendlicher Gesichtsausdruck. Im Unterschied zum Überläuferkeiler wölbt sich bei der Überläuferbache der Wurf nicht; er bleibt gestreckt. Auch bei ihr ist der bräunliche Farbton der Schwarte markant für diese Altersklasse.

Junge Bache 41 >>

Kopf keilförmig-langgestreckt, ohne jugendlichen Gesichtsausdruck.

Mittelalte Bache
Kopf keilförmig mit langem Wurf; der besonders in der Sommerschwarte bzw. beim Umhaaren extrem lang wirkt. Gesichtsausdruck ruhig-mütterlich. Wurfoberseite nur schwach durch die Haken gewölbt. Gesichtsausdruck ruhig, gelassen, aber aufmerksam.

42 >>

Alte, reife Bache
Langgestreckter, keilförmiger Kopf; stark entwickelt. Wurfoberseite hinter der Scheibe leicht gewölbt; Gesichtsausdruck ruhig und gelassen.

43 >>

Ansprechen nach Körperstärke und Form

Frischling **44 >>**

Überläuferbache **45 >>**

Mehrjährige Bache **46 >>**

Ansprechen nach Altersklasse und Körperstärke

Altersklasse 1

Überläuferbache in der Sommerschwarte

Kopf: In der Sommerschwarte langgestreckt, spitz-keilförmig, in der Winterschwarte etwas stumpfer wirkend.
Figur: Langgestreckt und schlank, besonders in der Sommerschwarte durch die dünnen Läufe sehr hochläufig erscheinend; in der Winterschwarte etwas voller, aber immer noch schlank und langgestreckt. Schwarte im Sommer kurz und grau.
Rückenlinie: Gerade bis leicht gewölbt, besonders bei sehr feisten Stücken.
Pürzel: Dünn, ohne Quaste, bis kurz vor das Sprunggelenk reichend.
Verhalten: Sehr lebhaft, dauernd in Bewegung; in der Überläufer- und gemischten Rotte. Zur Rauschzeit in der Rotte meist nur Überläuferbachen, da die Keiler bereits abgeschlagen wurden bzw. schon ihr Einsiedlerleben begonnen haben. Wird die Überläuferbache nicht beschlagen, lebt sie in der gemischten oder auch in der Rotte der Überläufer.

47 >>

Merke: Mitte Mai beginnt der Haarwechsel. Die nicht führende Überläuferbache hat Ende Mai bereits den Haarwechsel vollzogen, während die beschlagene oder schon führende Überläuferbache noch die volle Winterschwarte zeigt. Ende Mai beginnt dann auch bei dieser der Haarwechsel an Gebrech, Kopf und Vorderläufen, während die Teller und die Keulenpartie bis in den Sommer hinein noch die langen Winterborsten haben. Zum Abschuss kommen also nur nicht führende, geringe Überläuferbachen!

Altersklasse 1

Überläuferbache im Haarwechsel

Kopf: Langgestreckt, Haarwechsel beginnt am Wurf, an dem Teller noch mit langen Borsten.
Figur: Schlank und langgestreckt, besonders markant ist das Resthaar am Stich, Kamm, Außenseite der Läufe. Die eingefallenen Flanken sowie das Gesäuge zeigen die führende Überläuferbache an. Im Haarwechsel befindliche Stücken, die spitz von vom oder von hinten deutlich gerundet erscheinen, sind hoch beschlagen.
Rückenlinie: Gerade bis leicht gewölbt.
Pürzel: Dünn, geringe Quaste bis kurz vor das Fersengelenk reichend.
Verhalten: Sondert sich zum Frischen kurzzeitig von der Rotte ab. Sobald die Frischlinge voll beweglich sind, schließt sie sich dem Familienverband wieder an. Nicht führende Stücke verbleiben in der Rotte.

48 >>

Merke: Durch Wahlabschuss sind die an Körperstärke geringsten Stücke zu strecken. Nicht führende Überläuferbachen sind Ende Mai verfärbt, bei führenden Stücken sind im Sommer an den Keulen, an der Bauchseite und am Teller noch Reste der Winterschwarte. Der Wahlabschuss beginnt bei den nicht führenden, zum Sommerhaar umge-haarten Überläuferbachen.

Altersklasse 2

Junge Bache, 2- bis 3-jährig in der Sommerschwarte

Kopf: Langgestreckt, keilförmig, Teller bei der führenden Bache bis weit in den Sommer hinein noch mit Winterborsten.
Figur: In der Sommerschwarte langgestreckt, bei führenden Stücken Flanken leicht eingefallen; Läufe etwas kräftiger als beim Überläufer. Bei führenden Stücken Gesäuge sichtbar.
Rückenlinie: Gestreckt und gerade.
Verhalten: Entweder mit den Frischlingen allein zur Nahrungssuche ziehend, meistens aber in der gemischten Rotte, in der sie sich zu ihren vorjährigen Frischlingen gesellt.

49 >>

Merke: Hauptmerkmal beim Ansprechen einer führenden Bache ist der späte Haarwechsel, der erst im Spätsommer abgeschlossen ist. Die Bache kann nach dem Erlegen ihrer Frischlinge dann von Oktober bis Januar erlegt werden. Eingetrocknete Gesäugestriche in der Sommerschwarte bedeuten, dass die Bache den ersten Wurf im Frühjahr verlor. Deshalb kann es auch vorkommen, dass solch eine Bache noch einmal nachrauscht und neu beschlagen wird. Die Frischzeit ist dann im Herbst.

Altersklasse 2

Junge Bache, 2- bis 3-jährig in der Winterschwarte

Kopf: Keilförmig mit langem Wurf, Wurfoberseite leicht gewölbt, Gesichtsausdruck ruhig.
Figur: Kräftig, langgestreckt mit starken Vorderläufen.
Rückenlinie: Gestreckt, in der Nackenpartie vor dem Keulenansatz leicht eingefallen.
Pürzel: Länger und etwas stärker, reicht knapp bis unter das Fersengelenk, quastenförmige Endborsten.
Verhalten: meist in gemischter Rotte mit vorjährigen Frischlingen. Führende Bachen sind sehr aufmerksam und misstrauisch. Seltene Geltbachen sind auch oft allein anzutreffen.

50 >>

Merke: Mittelalte Bachen mit guter Körperverfassung sollen grundsätzlich geschont werden, denn sie bringen den kräftigsten Nachwuchs. Führende Bachen sind über die Schonzeiten nach dem BJG sowie der Ländergesetze hinaus gemäß § 22 Abs. 4 BJG grundsätzlich zu schonen, bis die normal entwickelten Frischlinge durch Anschluss an eine gemischte Rotte *mit Leitbache* der Führung durch das Muttertier nicht mehr bedürfen. Folglich ist das Erlegen einer führenden Bache außerhalb des gesetzlichen Rahmens kein Kavaliersdelikt, sondern eine *Straftat*!
Besonders gravierend ist der Abschuss von allein führenden Bachen! Deshalb ist Bachenabschuss prinzipiell Wahlabschuss, der ausschließlich mit der Einzeljagd weidgerecht zu erreichen ist.

Altersklasse 2

Alte, reife, führende Bache in der Sommerschwarte

Kopf: Langgestreckt, keilförmig; leichte Wölbung des Wurfes durch die darunter befindlichen Haken.
Figur: Kräftig, langgestreckt mit starken Vorderläufen; beim führenden Stück ist das Gesäuge zu erkennen, das Gesäuge bei der führenden Bache lang herabhängend, führende Bachen haben leicht eingefallene Flanken und Dünnung.
Rückenlinie: Gestreckt, bei führenden Stücken vor dem Keulenansatz leicht gesenkt.
Pürzel: Lang, am Ansatz stark, dann dünn auslaufend bis unter das Sprunggelenk mit quastenförmigen Endborsten.
Verhalten: Ist häufig die Führungs- oder Leitbache; sehr vorsichtig und lang vor dem Auswechseln sichernd; häufig warnend und blasen bei Gefahr. Ihr schließt sich der gesamte Familienverband an. Sie genießt uneingeschränkten Respekt und ist häufig auch der Auslöser der Rauschzeit.

51 >>

Merke: Starke, reife und alte Bachen bilden den Gipfel der Alterspyramide in der Altersklasse 2. In der Dämmerung sind sie oft mit einem Keiler zu verwechseln; daher auf die Frischlinge achten!. Reife, alte Bachen können erlegt werden, nachdem ihre Frischlinge erlegt wurden. *Leitbachen sind dagegen grundsetzlich immer „tabu"!*
Eine Erhöhung des Bachenabschusses ist zur Verminderung des gesamten Schwarzwildbestandes dringend notwendig, aber *mit Augenmaß und in Maßen*!

Altersklasse 2

Alte, reife Bache in der Winterschwarte

Kopf: Langgestreckter, keilförmiger Kopf, sehr stark entwikkelt, Wurfoberseite leicht gewölbt durch die darunter befindlichen Haken.
Figur: gleichmäßig, proportionierter starker Wildkörper.
Rückenlinie: Gestreckt, beim sehr alten Stück gesenkt.
Pürzel: Lang, am Ansatz stark, dann etwas dünner auslaufend, bis unter das Sprunggelenk gehend mit quastenförmigen Endborsten.
Verhalten: Ist fast immer Leitbache und demzufolge sehr vorsichtig und aufmerksam, sichert lange vor dem Auswechseln. Bei Gefahr warnend und blasend.
Winterschwarte: Farbe ist grau bis schwarzgrau mit starken Borsten und kräftiger Unterwolle, dadurch wirkt die Figur kräftiger und stumpfer.

52 >>

Merke: Starke, reife Bachen im Alter von 6 bis 8 Jahren sind ebenso Ziel der Schwarzwildbewirtschaftung wie der reife Keiler. Führende Bachen haben gesetzliche Schonzeit! Um einen Fehlabschuss zu vermeiden, ist auch die vermutlich nicht führende Bache während der Schonzeit der führenden Bachen besonders lange und kritisch anzusprechen. Wegen der starken Körpermasse ist eine führende Bache in der Dämmerung häufig mit einem Keiler zu verwechseln. Achtung: Ein starker, langer Gesäugestrich kann wie der Pinsel des Keilers wirken!
Auch der Abschuss der nicht führenden Bachen soll deshalb ausschließlich als Wahlabschuss bei der Einzeljagd und möglichst außerhalb der Schonzeit der führenden Bachen erfolgen, damit man auf der sicheren Seite ist.

Haken von Bachen

Haken einer jungen Bache

Die halbmondförmigen, gekrümmten Haken befinden sich im Unterkiefer, die keilförmig eckigen im Oberkiefer. Auch bei den Haken erfolgt ein Abschliff und durch die Fraßaufnahme eine Färbung des Zahnschmelzes. Die Haken im Oberkiefer zeigen einen geringen Abschliff, die Sichelform weist eine geringe Bache aus.

53 >>

Haken einer alten Bache

Die Bache hatte eine Wildbretmasse von 92 kg. Der starke Abschliff und die starke Verjüngung der Haken zur Basis weisen auf eine alte Bache hin. Durch die dunkle Färbung werden auch diese Haken zu einer ansprechenden Trophäe.

54 >>

Fehlfarben beim Schwarzwild

Ebenso wie es im Körperbau kurze, gedrungene und langgestreckte, schmale Stücke gibt, kommen auch Farbunterschiede in der Schwarte vor. Neben dunklen, fast schwarzen Stücken sind besonders auffällig weißbunte Sauen, manchmal auch reinweiß, grauweiß oder gelblichweiß, meist mit unregelmäßig über den gesamten Körper verteilten dunklen Flecken und Platten. Diese fehlfarbenen Stücke sind schon als unverwertbarer Frischling vorrangig zu erlegen.

Da diese Farbanlage verdeckt in den Genen vorhanden ist, schlägt sie immer wieder durch. So hat man häufig bei normalfarbenen Bachen plötzlich weißbunte Frischlinge oder bei weißbunten Bachen auch normal gefärbten Nachwuchs. Außer führenden Bachen sind alle Stücke mit weißbunter Färbung zu erlegen.

55, 56 >>

Ansprechen durch Beobachtung von Zeichen und Sozialverhalten

Fährten

Die Fährte des Schwarzwildes ist durch die seitlich der Schalenränder liegenden Geäfter charakteristisch und wohl kaum mit einer anderen Schalenwildart zu verwechseln. Der Rothirsch drückt zum Beispiel das Geäfter, besser Oberrücken, nur in der Fluchtfährte im Boden ab. Die Abdrücke stehen dann nicht außerhalb der Schalenbreite, sondern innerhalb und hinter den Schalen.

Die Geäfter sind somit das sicherste Zeichen zum Ansprechen der Schwarzwildfährte. Aus der Stärke des Trittes kann man auf die Körperstärke der Sau schließen. Kleine Schalenabdrücke zeigen Frischlinge an, die stärkeren lassen auf die Körperstärke der Sau schließen. Ein Hauptschwein fährtet sich so, dass eine Faust darin Platz findet. Ein grober Keiler hat eine Schrittlänge bis zu 60 cm, das Zeichen des Zurückbleibens ist ebenfalls anzusprechen. Der geringere Tritt des Hinterlaufs wird dabei etwas zurück in den stärkeren Tritt des Vorderlaufes gesetzt. Bei groben Bachen kann die Schrittlänge durchaus 45 bis 55 cm betragen.

Neben der Stärke der Fährte ist der Schrank zu erkennen. Bei den Tritten, auch bei denen der Überläufer und Bachen, ist die innen liegende Schale meist etwas mehr abgenutzt und fährtet sich daher kürzer. Die Keilerfährte ist in den Schalenspitzen runder als der Tritt der Bache. Ein sicheres Ansprechen der Saufährte nach dem Geschlecht ist jedoch nur schwer möglich.

Kleine Tritte und ein großer Tritt zeigen eine führende Bache mit Frischlingen an, Tritte unterschiedlicher Stärke dagegen eine gemischte Rotte. Einzelne starke Fährten deuten auf einzeln gehende Keiler oder grobe Bachen. **57 >>**

Malbäume und Suhlen

Gerechte Zeichen des Schwarzwildes sind neben den Fährten auch die Malbäume und die Suhlen. Aus der Höhe der in die Borke des Malbaumes eingeschlagenen Waffen kann auf die Höhe der Schulter geschlossen werden. Eine hoch eingeschlagene Rindenverletzung deutet auf ein Hauptschwein hin.

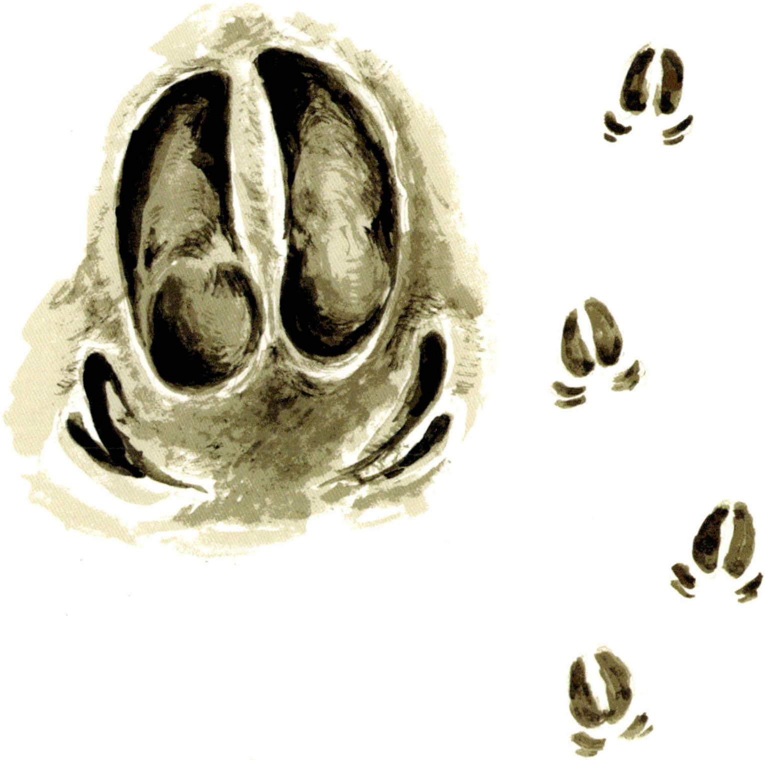

Rotte auf einer Kirrung

Die Abbildung zeigt Stücke im Übergang zur Winterschwarte, sie haben bereits umgehaart. Rechts im Bild ein kümmernder Frischling, wahrscheinlich der letzte der Frischlingsrotte. In der Mitte ein stärkeres Stück, eine junge Bache, nicht führend. Links zwei Überläuferbachen. Das am günstigsten stehende Stück sollte erlegt werden. Der Frischling sollte zuerst fallen, da er sehr gering erscheint. Eine Überläuferbache kann ebenfalls erlegt werden. Damit wird in die Zuwachsträger eingegriffen. Die Entscheidung ist in diesem Fall leicht – alles ist richtig.

58 >>

Bachen mit Frischlingen im Spätsommer

Die Bachen haben noch nicht zur Winterschwarte umgehaart, jedoch sind die Frischlinge schon ohne die typischen Frischlingsstreifen.

Vorn rechts eine führende Bache, bei der das Gesäuge sichtbar ist. Bei der anderen Bache ist dies nicht zu erkennen. Zu welcher Bache die Frischlinge gehören, ist fraglich. In dieser Situation wird ein Frischling erlegt, sobald dieser frei steht.

59 >>

Rotte im milchreifen Getreide

In großen Getreideschlägen ist nebenstehende Abbildung ein zutreffendes Bild. Auf Blößen in den Schlägen, die durch Unwetter verursacht wurden, legen die Sauen gern ihre Kessel an. Zu diesen freien Plätzen führen erkennbare Wechsel. Das Ansprechen ist sehr schwierig, folglich gelingt das Herausfinden, welches Stück führend und welches nicht führend ist, hier nur selten.
Wenn der Jäger keinen gezielten Schuss abgeben kann, sollte er zur Verminderung von Wildschäden wenigstens einen Vergrämungsschuss abgeben.
Stehen Frischlinge frei, werden diese erlegt.

60 >>

Gemischte Rotte
während der Rauschzeit im Buchenaltholz

Ab Oktober beginnt bei den Sauen die Rausche. Eine Nachtpirsch im Schneehemd bei einer Neuen bringt große jagdliche Freude. Im Vordergrund der Rotte steht eine brechende Bache, rechts daneben der sie bedrängende Keiler. Dahinter einzelne gröbere Stücke, wahrscheinlich ebenfalls Bachen.
Es sollte eine geringe Bache erlegt werden, also Wahlabschuss zur Reduzierung der Zuwachsträger. Der Keiler ist, auch wenn er als reif und alt angesprochen wird, nicht zu erlegen, denn das Wildbret ist ungenießbar.

61 >>

Rotte im Frühjahr im Bruch

Schilfränder und Brüche werden im Frühjahr bevorzugt aufgesucht. Dort gibt es immer tierischen Fraß. Besonders nach einer guten Mast haben Sauen eine regelrechte Gier darauf. Der Wahlabschuss einer geringen, nicht führenden Überläuferbache ist hier möglich. Die beiden Stücke in der Mitte könnten ausgewählt werden. Ist zufällig das geringste Stück schon beschlagen, so ist das kein „Beinbruch“, das kann jedem Jäger passieren. Geboten ist auf alle Fälle der Eingriff in die Zuwachsträger durch Wahlabschuss.

62 >>

Schuss- und Pirschzeichen– – Schusswirkung –

Sauen wird eine gewisse Schusshärte nachgesagt, die häufig festgestellt und von erfahrenen Schwarzwildjägern auch immer wieder bestätigt wird. Betrachtet man nur die Auswirkung von Lauf- und Gebrechschüssen, die auch manchmal ausheilen, ist das Stück dennoch auf Lebenszeit stark beeinträchtigt.

Über das Erkennen des Zeichnens nach dem Antragen der Kugel gehen beim Schwarzwild die Meinungen auseinander. Auch bei Sauen ist dem Sitz des Geschosses im Wildkörper entsprechend ein Zeichnen des Stückes zu beobachten, jedoch nicht so eindeutig wie bei anderen Schalenwildarten. Mit viel Erfahrung deutet der Jäger den Sitz der Kugel und setzt seine Vermutung bei einer Nachsuche um.

Wegen der Schusshärte von Sauen werden auch bestimmte Forderungen an das Geschoss gestellt. Als Grundsatz gilt:

Das Geschoss muss Masse haben und Wirkung zeigen!

Gut wirkende Geschosse sind zm Beispiel DK, TMR, KS, TUG und andere Teilmantelgeschosse mit hoher Deformations- und Tiefenwirkung. Günstige Kaliber sind 7 x 57 R, 7 x 65 R, 7 x 64, .308 Winchester, .30-06 Springfield, 8 x 57 IRS, 8 x 68 S, 9,3 x 62 oder 9,3 x 64, also Hochwildpatronen mit Geschossmassen ab 10,0 Gramm.

Schusszeichen sind beim Schwarzwild – auch unter günstigen Lichtverhältnissen – schwer zu erkennen. Nicht immer kommt es nach dem Antragen der Kugel zum Zusammenbrechen und Verenden des Stückes. Bei jüngeren Stücken ist das noch am ehesten möglich. Ist der Schuss angetragen, gilt es erst einmal eine Besinnungspause einzulegen, die schon eine Viertelstunde betragen sollte.

Wenn das Stück nicht gerade im Feuer liegengeblieben ist, ist ein gründliches Untersuchen der Umgebung des Anschusses grundsätzlich immer notwendig, um die richtigen Folgemaßnahmen einleiten zu können. Zunächst gilt es, tiefe Eingriffe zu erkennen, was nicht immer leicht ist, wenn eine Rotte zusammen gestanden hat.

Wichtige Zeichen am Anschuss sind das Schnitthaar, das im Winter durch die langen Borsten und die Unterwolle leichter zu finden ist als das Sommerhaar. Schnittborsten geben an, ob das Stück getroffen wurde.

Vor allen Dingen wird man aber nach Schweiß suchen, der ein guter Weiser auf den angetragenen Schuss ist. Es ist zu beachten, dass Schweiß nicht unbedingt am Anschuss liegen muss. Ausfließender Schweiß aus den Ein- und Ausschusskanal wird häufig erst hinter dem Anschuss gefunden. Der Anschuss muss in jeden Fall durch den Schützen verbrochen (oder anderweitig deutlich gekennzeichnet) werden, um bei einer unvermuteten Nachsuche notfalls noch einmal auf diesen zurückgreifen zu können. Über den Anschuss hinaus geht man nur dann, wenn das Stück in Sichtweite zusammengebrochen oder verendet ist. Sonst heißt es, abwarten und einen Schweißhund die kranke Fährte arbeiten lassen.

Wesentliche Pirschzeichen sind der Schweiß nach dem hauptsächlich gesucht werden muss. Bei Sauen ist zu bedenken, dass auch nach einem gutem Schuss das Stück durchaus erst nach einigen Fluchten mit dem Schweißen beginnen kann. Dabei spielen Ein- und Ausschuss eine Rolle, die aber auch durch Weißes verstopft sein können.

Schweißt das Stück nach gutem Schuss und ist dabei die Lunge mit angerissen, so ist gewöhnlich reichlich schaumiger hellroter Lungenschweiß vorhanden, der auch aus dem Gebrech ausgestoßen werden kann.

Herzschweiß sieht dunkelrot aus. Er ist manchmal mit hellrotem Lungenschweiß vermischt und wird gewöhnlich gleich nach dem Anschuss reichlich gefunden.

Schweiß mit bräunlicher Färbung und mit kleinen Stücken von der Leber ist eindeutig Leberschweiß. Er kann auch mit hellem Lungenschweiß und auch mit Zeichen eines Weidwundschusses gemischt sein.

Abb. 63: Lungenschweiß

Abb. 64: Herzschweiß

Abb. 65: Weidwund: Schweiß mit Mageninhalt

Abb. 66: Wildbretschweiß

Weidwundschüsse geben manchmal sehr wenig und später sogar kaum oder sehr gering Schweiß gelegentlich gar keinen Schweiß ab, weil Ein- und/oder Ausschuss durch Gescheide und Weißes wieder verschlossen worden sein kann. Man findet bei Weidwundschüssen in der Regel auf der Schweißfährte sowohl Gescheideteilchen und Gescheideinhalt als auch wässrigen Schweiß. Hinzu kommt der charakteristische Geruch von Magen- und Darminhalt.

Reichlich dunkelroter Wildbretschweiß ist dagegen häufig kein gutes Pirschzeichen , weil die aufgerissenen Adern schnell verkleben und sich somit schließen können. Das Stück ist gewöhnlich nur leicht verletzt.

Schlimme Schüsse sind Gebrechschüsse. Sie hinterlassen mit Schleim und Knochen sowie Knochensplittern vermengten Schweiß. Der Schweiß wird dabei vom Stück links und rechts neben die Wundfährte geschleudert.

Typische Schüsse bei der Schwarzwildjagd*)

Kammerschuss

Heller bis leicht dumpfer Kugelschlag. Kammer durchschossen. Herz und Lunge oder nur Lunge verletzt. Je nach Sitz der Kugel sofortiges Zusammenbrechen oder kurze Fluchten, die immer niedriger werden. Das Stück bricht schließlich doch zusammen. Besonders beim Herzdurchschuss flüchtet das Stück in rasenden Fluchten, bis Blutleere im Gehirn eintritt, dabei zeigt sich das Anfliehen von Bäumen und Sträuchern bis zum Umfallen. Am Anschuss ist Schnitthaar aus der Körpermitte, viel Schweiß, oft mit blasigen Lungenschweiß vermischt, zu finden.

Krellschuss

Zum Teil heller, manchmal auch kaum hörbarer Kugelschlag. Stück bricht im Feuer zusammen, liegt auf dem Rücken oder auf der Seite, schlegelt heftig, kommt wieder auf die Läufe und wird flüchtig.

Wenn nicht sofort der Fangschuss angetragen wird, ist das Stück unwiederbringlich verloren. Am Anschuss liegt häufig nichts, außer einigen Kammfedern, aber auch manchmal viel Schweiß, der sich nach dem Flüchtigwerden bald verliert.

Reiner Wildbretschuss

Kaum zu hörender heller Kugelschlag, fast kein Zeichnen. Stück wird aus dem Stand hochflüchtig und nimmt sofort die nächste Deckung an. Anfangs Schweiß, der sich allmählich verliert.

Mit dem Glas ist zu verfolgen, welchen Eindruck das Stück hinterlässt. Eine Kontrollsuche ist notwendig.

Gekämmter Schuss

Schuss durch die Rückenlinie, kein Kugelschlag vernehmbar. Stück wird sofort flüchtig. Am Anschuss weit hinter dem Standort des Stückes viel Schnitthaar, kein Schweiß. Eine Kontrollsuche ist dennoch notwendig.

---

*) Die Aussagen zum Kugelschlag gelten selbstverständlich nur für den Fall, dass dieser nach den physikalischen Bedingungen überhaupt klar hörbar ist. Auf Drückjagdentfernung hört der Schütze selbst keinen Kugelschlag, schon eher der nächste oder übernächste Nachbar, wenn er darauf achtet und sofern Richtung und Entfernung zum Ziel stimmen. Auf größere Entfernung, also z. B. beim Ansitz am Waldrand oder in der Feldflur, hört der geübte Schütze – vor allem bei mäßig schnellen Geschossen – gelegentlich den Kugelschlag und kann daraus den Sitz der Kugel ableiten. Es gehört aber selbst unter guten Bedingungen schon einige Erfahrung dazu, die drei akustischen „Anteile" des Büchsenschusses – Geschossknall, Mündungsknall, Kugelschlag – auseinander zu halten und die unterschiedlichen Geräusche des Kugelschlags sicher zu deuten. So kann man sich, um nur *ein* Beispiel zu nennen, leicht täuschen; denn ein versehentlicher „Baumstammtreffer" klingt gelegentlich exakt so wie das dumpfe „Buff" des Weidwundtreffers. Hinzu kommt, dass wir auch unter annähernd gleichen Bedingungen gerade bei Klangnuancen individuell hören, d. h., dem einen Jäger erscheint vielleicht noch „hell", was ein anderer schon als dunklen Schlag zu hören glaubt. Der Kugelschlag kann also allenfalls als *ein* Hilfsmerkmal unter vielen zur Beurteilung mit herangezogen werden.

Fehlschuss
Nach Schussabgabe verhofft das Stück kurz und wird dann hochflüchtig. Am Anschuss sind nur die Ausrisse schwach zu sehen. Eine Kontrollsuche ist notwendig.

Schusswirkungen am und im Wildkörper

Vergleiche Abbildung eines Keilers mit Darstellung der Treffer und der Beschreibung der jeweiligen Trefferwirkung. Die folgenden Ziffern stehen unter den Treffpunkten: **67 >>**

Schusswirkungen, bei denen das Wild im Feuer bleibt und sofort verendet:

3	Kopfschuss
4	Tellerschuss, Wirbelsäule
5, 6, 8	Schuss durch die Wirbelsäule/ Nierenbereich
5	Schüsse, Hochblatt
9	Becken und Wirbelsäule hinten

Tödliche Schusswirkung, Wild bleibt im Feuer oder flüchtet eine geringe Strecke:

14	Tiefblatt
15	Herz
16	Kammer, Lunge, Blutgefäße
17	Leber
18	Weidsack, großes Gescheide
19	kleines Gescheide
22	Drossel, Schlund (in Ausnahmefällen nicht sofort tödlich)

Nicht tödliche Schüsse, die lange Nachsuchen verursachen:

12, 13	Vorderlauf, Hinterlauf hoch und tief
11	Keule, Knochen und Wildbret
10	Keule oben, Knochen und Wildbret

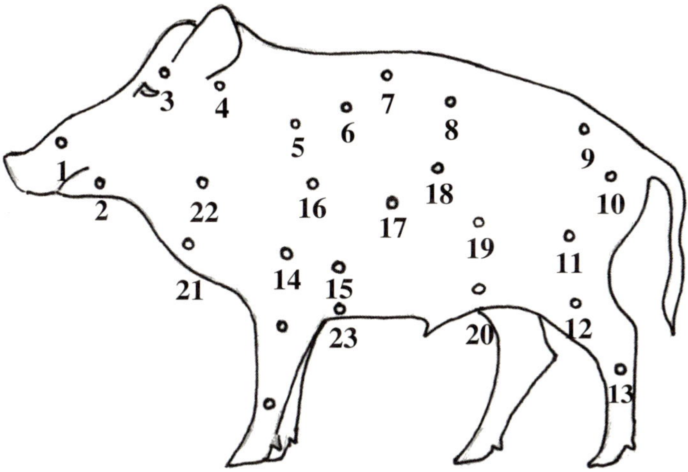

Zum Ludertot führende Treffer, wenn die Nachsuche erfolglos bleibt:

1, 2	Gebrechschüsse
22	Drossel, Schlund
20	Brunftrute, Kurzwildbret

Nicht tödliche Treffer, wenig Schweiß, in der Regel keine Behinderung der Lebensfähigkeit:

7	Krellschuss
21	Streifschuss am Stich
23	Streifschuss am Brustkern

Schuss durch den Vorderlauf oberhalb des Gelenkes

Heller, „knöcherner“ Kugelschlag, unterschiedliches Zeichnen. Beim Schuss Mitte Vorderlauf knickt das Stück über dem kranken Lauf kurz ein und wird, ohne den Lauf aufzusetzen, flüchtig. Bei einem tiefer liegendem Treffer – also kurz über den Schalen – wird das Stück flüchtig, eventuell sogar ohne Zeichnen im Schuss. Bei kurzer Schussdistanz ist das „Schlenkern“ des durchschossenen Vorderlaufes zu erkennen. In der vollen Flucht beschossen, bricht die Sau kurz zusammen, wird aber schnell wieder hoch und flüchtet.
Am Anschuss sind Knochensplitter zu finden. Bei Verletzung beider Vorderläufe versucht sich das Stück auf den Stümpfen in Deckung zu schleppen. Fangschuss sofort anbringen! Nachsuche sobald als möglich, aber nicht in der Nacht.

68 >>

Weidwundschuss

Dumpfer Kugelschlag, Sitz der Kugel auf Weidsack oder Gescheide. Man hört das bekannte dumpfe „Buff“. Kein typisches Zeichnen mit krummem Rücken wie bei anderen Schalenwildarten. Ein Zusammenrucken ist äußerst selten. Das beschossene Stück wird nicht hochflüchtig, sondern zieht sichtlich schwerkrank ab. Häufig macht es dabei auf der Hinterhand kehrt, um schnell eine Deckung zu erreichen.
Am Anschuss sind Seitenborsten und mittelgraue Unterwolle zu finden. Der Schweiß ist rötlich-wässrig und mit Nahrungsresten oder Gescheideinhalt vermischt. Nachsuche nach Wartezeit von 3 bis 5 Stunden, je nach Schwere der Verletzung und Witterung, einleiten.

69 >>

Schuss durch das Gebrech

Heller, „metallischer“, „knöcherner“ Kugelschlag – einer der übelsten Treffer. Ursachen sind ein zu großer Vorhalt beim Flüchtigschießen oder der nach vorn verrutschte Tellerschuss. Das Stück bricht kurz im Feuer zusammen – Schockwirkung auf den Kopf – wird wieder hoch und geht flüchtig ab, dabei werden abgehackte Röchellaute ausgestoßen. Auch ein Schütteln des Kopfes kann beobachtet werden.
Am Anschuss schleimiger Schweiß und Knochenreste vermischt mit Zähnen vom Ober- oder Unterkiefer. Nachsuche sobald als möglich, aber bei Tageslicht. Häufig gehen solche Nachsuchen erfolglos aus, da die beschossene Sau „locker auf den Läufen ist“. Oft sind solche Stücke zum Verludern verurteilt, die Fraßnahme ist stark eingeschränkt oder unmöglich.

70 >>

Schuss durch die Keulen

Klatschender Kugelschlag hörbar, bei Knochenverletzung auch hell klingend. Stück bricht bei Knochenverletzung hinten zusammen und versucht sicht vorwärts zu schleppen. Je nach Sitz der Kugel erfolgt kurzes Einknicken auf der Seite des durchschossenen Hinterlaufes/Keule. Die Fluchten sind langsamer und holpriger als beim Schuss durch den Vorderlauf. Oft macht auch das Stück nach Erhalt der Kugel kehrt und versucht die Deckung zu erreichen. Am Anschuss Knochensplitter, Wildbretfetzen, kurze Borsten und Unterwolle bzw. Wildbretschweiß. Nachsuche bei Tageslicht sofort.

71 >>

Schuss durch den vorderen Körperteil

Klatschender, heller Kugelschlag. Wenn er gelingt, sehr guter Schuss mit Zerstörung der Wirbelsäule , der Hauptblutgefäße und Hauptnervenstränge hinter dem Kopf. Stück rutscht im Feuer zusammen und verendet, ohne groß zu schlägeln. Als gezielter Schuss – zumindest aus größerer Entfernung – zu riskant, daher nicht weidgerecht und abzulehnen.

<< 72

Schuss durch Kopf, Teller

Es ist ein heller Kugelschlag zu hören. Das Stück geht in der Flucht beschossen „über Kopf", es rouliert, fällt zur Seite und verendet schlägelnd. Wegen des Risikos eines Fehlschusses als gezielter Schuss abzulehnen!

<< 73

Schuss durch Rückgrat hinten, Nierenpartie

Kugelschlag hell, klatschend. Das Stück bricht laut klagend zusammen, versucht sich mühsam fortzuschleppen. Fangschuss sofort anbringen. Dieser Schuss ist für das Stück sehr schmerzhaft.

74 >>

Schuss durch beide Vorderläufe

Kugelschlag hell, knöchern. Stück bricht vorn zusammen, schiebt mit den Hinterläufen nach, kommt aber nicht hoch. Sofort den Fangschuss geben.

75 >>

Bejagung

Ziel der Bejagung

Angesichts einer ungebremsten Vermehrung der Sauen und steigenden, nicht mehr beherrschbaren Feldschäden, ist trotz der erhöhten Abschusszahlen noch keine deutlich spürbare Reduktion des Schwarzwildes zu erkennen. Im Jagdjahr 2001/2002 gab es mit 532 000 erlegten und verendet gefundenen Sauen einen neuen Rekord im Schwarzwildabschuss.

Die Jäger stehen vor einem großen Problem: Entweder schaffen sie es, die Bestände in Deutschland auf ein tragbares Maß zu verringern, oder sie müssen schließlich doch eingestehen, das sie dazu nicht in der Lage sind. Soweit darf es nicht kommen! Folgende Ziele und Aufgaben sind neu zu ordnen:

- Bildung flächendeckender Schwarzwildhegegemeinschaften,
- rigorose Senkung der Schwarzwildbestände durch verstärkte Nutzung der Zuwachsträger,
- Vorbeuge und Verhütung von Wildschäden und Wildseuchen,
- Anwendung aller dem Biotop angepassten Jagdstrategien und -methoden.

So vielgestaltig, wie die Begegnungen des Jägers mit dem Schwarzwild im Verlaufe des Jahres sind, so variantenreich sind auch Jagdstrategien und Jagdmethoden. Um „biotopangepasste“ Jagdmethoden verwirklichen zu können, braucht der passionierte Schwarzwildjäger ein fundiertes Wissen und Können. Zu den grundlegenden Kenntnissen über die Lebensgewohnheiten des Schwarzwildes gehören:

- jahreszeitlich unterschiedlichen Aktivitäten der Sauen,
- Wechselgewohnheiten,

- Wald-Feld-Verteilung im Jagdgebiet,
- Feldschadenschwerpunkte,
- Witterung und die damit jahreszeitlich wechselnden Fraßangebote,
- Struktur und Stärke der Rotten und Familienverbände,
- Haupteinstände,
- richtiges Ansprechen.

Intervall- und Schwerpunktbejagung

Wer Schwarzwild stärker an den Wald und sein Revier binden und Wildschäden möglichst gering halten will, muss wenigstens zeitweise und/oder in bestimmten Revierteilen konsequent für Jagdruhe sorgen. Wer sein Wild das ganze Jahr über im Wald ständig in den Einständen und um die Einstände herum stört, braucht sich nicht zu wundern, wenn Schwarzwild tagsüber nicht mehr ansprechbar ist und nachts im Felde stark zu Schaden geht.

Wo Größe und Struktur des Reviers dies zulassen, entsprechen Ablenkfütterungen, sinnvoll verteilte und beschickte Kirrungen sowie disziplinierte Bejagung im Intervall und an räumlichen Schwerpunkten der Hegeverpflichtung und steigern deutlich die Effektivität der Bejagung.

Die **Bejagungsintervalle** kann man gut an den Mondphasen ausrichten. Also Jagdruhe immer nach Ende Vollmond bis zum beginnenden nächsten Vollmond. Ab zunehmendem Halbmond nutzt man die verbleibende Zeit bis zur nächsten „Schussphase" bei gutem Wind jeweils für Beobachtung und Ansprechen.

Darüber hinaus kann man z. B. nach der Ernte der Feldkulturen bis zur Drückjagdzeit die Einzeljagd einstellen, um in Abstimmung mit den Nachbarn je nach Reviergröße ab Oktober mit ein bis maximal zwei Drück- oder Ansitzdrückjagden Strecke zu machen. Das stört weit weniger als die Dauerbeunruhigung durch fortwährende Einzeljagd.

Zusätzlich zur Intervalljagd kann die **Schwerpunktbejagung**, d. h. die geplante scharfe Bejagung in bestimmten, wechselnden Revierteilen, während die übrigen Flächen absolute Jagdruhe genießen, die gewünschte Beruhigung noch optimieren und den Jagddruck wirksam begrenzen.

Ob eine Schwerpunktbejagung sinnvoll und durchführbar ist, hängt entscheidend von der Reviergröße und vom Verhältnis der Fläche Wald zu Feld ab. Ist die Waldfläche im Verhältnis zum Feldanteil des Reviers z. B. klein, aber sicherer Einstand, kann man sich zumindest dadurch helfen, dass in Frühjahr und Sommer ausschließlich im Feld und an den Fernwechseln abseits der Einstände auf Schwarzwild gejagt wird, um nach einer möglichen Pause im Frühherbst dann von Oktober bis Januar mit Schwerpunkt im Wald zu jagen.

Das Wesentliche ist, dass innerhalb einer Schwarzwildhegegemeinschaft flächendeckende Konzepte gelten und durchgesetzt werden, sonst ist der gesetzliche Auftrag der Jäger nicht zu erfüllen.

Jagdmethoden

Kombination Ansitz und Pirsch

Empfehlenswehrt, wenn im Jagdgebietgebiet mehrere, großräumig verteilt liegende Weiden und Felder mit Ernterückständen – Hackfrüchte Mais, Getreide – liegen. Angesessen wird an den Hauptwechseln. Die Pirsch erfolgt „mehr stehend als gehend“ unter Beachtung von Deckung, Windrichtung ebenfalls in Orientierung zu den Wechseln der Sauen. Sind die Sauen im Visier, zuerst aufrecht pirschen, ständig beobachten, die letzten Meter bis auf Schussentfernung niedriger werden und evtl. sogar herankriechen. Die Schussentfernung ist erreicht, wenn die Sauen mit dem bloßen Auge auf der helleren Fläche des Unter bzw. Hintergrundes als dunkle Silhouetten mit klarer Kontur zu erkennen sind. Das korrekte Ansprechen sollte möglichst bei früheren Ansitzen und/oder Pirschgängen schon erfolgt sein, d. h., es ist immer gut, wenn der Jäger „seine“ Rotten oder Stücke kennt.

Feldpirsch

Bei gutem Mondlicht jagt man, wie bei der Pirsch im Spätwinter beschrieben (siehe unten). Der Mond steht tief, bietet kein volles Licht, aber für einen gezielten Schuss auf ein richtig angesprochenes Stück reicht es. Das Angehen unter Ausnutzung kleiner Deckungen und des Gegenwindes ist hierbei von Vorteil. Sind die Sauen noch morgens auf dem Feld, muss der Jäger die Richtung des vermuteten Rückwechsel kennen und Vorpass halten. Häufig kommen die Sauen recht vertraut in ihr bekanntes Biotop, sichern aber nochmals vor dem Einwechseln.

Ansitz und Pirsch in der Feldmark

Meist erst um Mitternacht erscheinen die Sauen im Feld. Häufiges Pirschen vorher beeinträchtig die Vertrautheit der Sauen auf ihren Wechseln und sollte unterlassen werden. Erfahrungsgemäß stehen die Sauen nach 23 Uhr ruhig im Gebräch und sind dann leichter anzugehen. Die Stunden zuvor können z. B. an einer Kirrung genutzt werden. Am Tag wird abgefährtet, um die Wechsel und die stark von den Sauen besuchten Schläge zu finden.

Sie suchen abgeerntete Getreide-, Mais-, Rüben- oder Kartoffelschläge auf und brechen dort nach Ernterückständen. In sehr hellen Mondnächten scheuen sie das Licht und halten sich in schattigen Randbereichen an den Feldkanten auf. Erst Stunden nach Mitternacht, wenn der Mond den Zenit überschritten hat, werden die Sauen auch mitten im Feld wieder aktiv. Im kupierten Gelände hat der Jäger Deckung durch Hügel und Senken. Soweit man die Sauen anpirscht, empfiehlt sich der liegende Anschlag; die Waffe wird hierbei auf den Rucksack aufgelegt, auch ein Zielstock ist erfahrungsgemäß immer hilfreich.

Die Jagd kann auch von Ansitzeinrichtungen erfolgen. Sie bieten einen weiten Überblick und gute Sicht. Von hier aus pirscht man in freier Folge, um eine ausgemachte Rotte zu erreichen, an die man sonst nicht herankäme.

Morgenpirsch im Feld

Nicht nur in der Morgendämmerung, auch bei schon hellem Büchsenlicht sind die Sauen noch im Feld unterwegs, bummeln umher oder ziehen vom Fraß in die Tageseinstände. Dabei kann der Jäger den Sauen auf Feldwegen oder auch an Grenzlinien zwischen niedrigen Feldkulturen und Deckung bietenden Getreideschlägen „begegnen“.

Pirsch und Nadelholzbestände

Beim täglichen Abfährten an den Bestandsrändern von Stangenhölzern und geringen Baumhölzern von Kiefer- und Fichtenbeständen sind die Gebräche der Sauen nicht zu übersehen. Moos- und Grasplaggen sind gewendet, Mäusenester ausgegraben, alte Baumstubben zerlegt und ausgebuddelt.

Das Bejagen der Sauen erfolgt in den Nachtstunden. Greller Mondschein birgt den Nachteil starker Schlagschatten. Die Sauen sind dann sehr schlecht auszumachen und anzusprechen. Etwas diffuses Licht lässt uns die Sauen besser erkennen. Der Jäger muss häufig auf geringe Schussentfernung heran. Bei der Pirsch auf Wegen und Rückegassen – mehr stehend als gehend! – ist stets mit dem unverhofften Auftauchen einer Sau zu rechnen. Dabei kann eine Rotte auch mal schnell in den Wind des Jägers kommen und flüchtig abgehen.

Pirsch und Kirrung

Im Verlauf einer Nacht können mehrere Kirrungen abgepirscht werden, dies ist im Nachwinter bei Schneetreiben besonders erfolgreich. Sauen fühlen sich dann recht sicher. Schneehemd/Schneeanzug tragen, Wind beachten und nur die Kirrungen genauer revidieren, wo man die Sauen schon aus der Distanz hört; denn wer sämtliche Kirrungen regelmäßig „verstänkert“, hat die Rotten bald vergrämt. Das gilt in der übrigen Jahreszeit ebenso.

Ansitz und Tagespirsch zur Rauschzeit

Die Rauschzeit macht die Sauen „lebendig“, sie sind nun auch am Tag rege. Der Ansitz an lückigen Einständen bringt Erfolg bei Ansprechen und weidgerechtem Schuss. Abgesprengte Überläufer, aber auch geringe Bachen können so erlegt werden.

Kombinierte Ansitzdrückjagd

Diese Art der gesellschaftlichen Jagdausübung hat sich bewährt und kann sehr erfolgreich sein. Vor der Jagd ist in der Planungsphase der jagdliche Aufwand dem Biotop sowie den entsprechenden Einständen anzupassen, d. h. für große, zusammenhängende Waldgebiete mit guten Saueneinständen ist ein großes Aufgebot an Jägern und Hundeführern zu ordern.

Eine exakte organisatorische Vorbereitung dieser Kombination aus Ansitz/Anstand und gezielter Beunruhigung der Einstände ist unabdingbare Voraussetzung für den Erfolg. Die Jagd wird revierübergreifend geplant und durchgeführt, also auf der am effektivsten zu bejagenden Jagdfläche einer Schwarzwildhegegemeinschaft, dabei sind möglichst alle zusammenhängenden Revierteile der Hegegemeinschaft, soweit sie Saueneinstände bieten, zu erfassen.

Jagd bei Mondschein

Eine sehr interessante Jagdart ist die Pirsch in masttragenden Beständen. Häufig sind die Sauen schon von weitem zu hören, besonders dann, wenn Nachtfröste das Fall-Laub „laut" gemacht haben. Das Brechen der Rotte ist unüberhörbar.

In Beständen mit Unterwuchs muss man versuchen, möglichst nahe an die Sauen heran zu kommen, um einen sicheren Schuss in einer Lücke anbringen zu können. Selbst der kleinste Ast kann ein Geschoss ablenken oder zerlegen und die dahinter brechende Sau erhält nur Splitter. Meistens ist eine komplizierte Nachsuche die Folge.

Sind die Sauen weit ab vom Pirschweg mitten im Bestand beim Brechen, so kommt man ihnen von Stamm zu Stamm pirschend näher. Die vom Jäger im Laub verursachten Geräusche werden vom „Radau" der Rotte meist überlagert. Der Schuss auf ein breit brechendes Stück erfolgt angestrichen an einem Stamm oder im kniendem Anschlag.

Die Jagdbekleidung sollte in gedeckten Farben gehalten sein. Sie darf sich nicht von Umgebung abheben. Sobald die Sauen im Brechen innehalten – meist nach dem Warnlaut der Bache – muss auch der Jäger verharren, um nicht erkannt zu werden, bis sich die Rotte wieder beruhigt. Springt ein einzelnes Stück ab, sollte man die Jagd nicht gleich aufgeben. Meist kommt das Stück nach einer Stunde zurück, um weiter zu brechen. Ebenso wie die Pirsch ist auch der Ansitz in Laubholzbeständen erfolgreich. Um die günstigste Jagdart herauszufinden, wird am Tage gründlich abgefährtet.

Ansitz am Mais

Die beste Voraussetzung bieten durch Schneisen aufgeschlossene Maisschläge; diese sind jedoch in der Regel nur im bestem Einvernehmen mit den Landwirten zu realisieren. Die Schneisen werden schon bei Maiseinsaat mit angelegt und mit niedrig wachsenden Futterkulturen bestellt. Die Sauen sind dann an die „hellen Streifen“ in ihrer Deckung gewöhnt und belaufen diese Schneisen.

Bei großen Maisschlägen ist der Ansitz am und im Mais notwendig. Die am Rand des Maisschlages angelegten Schneisen und mit niedriger Vegetation bestockten Säume erleichtern das Ansprechen ein- und auswechselnder Sauen. Haben die Sauen den Mais als Einstand angenommen, ist der Ansitz auf Schneisenkreuzen sowie an den Endpunkten der Schneisen am effektivsten. Die Fernwechsel, an denen mit guter Übersicht über das Gelände feste Kanzeln stehen, sind ebenfalls zu besetzen.

Der Ansitz an großen Maisschlägen sollte als eine Gemeinschaftsaktion vieler Jäger betrachtet werden. Am Tag können die Schneisen abgelaufen werden, um die Hauptwechsel von Quartier zu Quartier herauszufinden. Auf gute Schussent-fernung sind dort die transportablen Ansitzleitern aufzustellen.

Fahrbare Ansitzeinrichtungen sind für den flexiblen Einsatz an großen Maisschlägen unabdingbar. Sie müssen eine gute Rundumsicht und ein optimales Schussfeld gewährleisten. Der Ansitz ist bereits am späten Nachmittag zu beziehen, da die Sauen in großen Schlägen zeitig auf den Läufen sind. Ein zu zeitiges Verlassen der Ansitze vergrämt die Sauen. Die Umgebung wird „verstänkert“, die Sauen meiden diese Gefahrenherde.Die am Schlagrand sitzenden Jäger können dagegen nach Eintritt der Dämmerung ihren Ansitz verlassen und sich gegen Morgen wieder einfinden.

Riskante Schüsse sind prinzipiell zu vermeiden. Die beschossene Sau sollte möglichst im Feuer liegen. Weidwunde Stücke verhitzen im „warmen Mais“ im Verlauf der Nacht sehr schnell. Eine Nachsuche bei Nacht ist hier lebensgefährlich. Anfangs sind die Sauen auf den Schneisen vertraut. Sind sie erst einmal beschossen, wechseln sie nur noch in der Dämmerung.

Standtreiben im Mais

In großen Maisschlägen, z. B. für Körnermais vorgesehene Flächen, hilft als letztes Mittel die Beunruhigung mit gut auf Schwarzwild arbeitenden Hunden, wie z. B. Terrier, Teckel oder Dachsbracken. Voraussetzung für die Bejagung ist das Vorhandensein von Schneisen, die den Maisschlag in zu bejagende Quartiere einteilen und vom Hundeführer begangen werden können, während seine Hunde im Schlag arbeiten.

Die Hunde sollen „laut am Wild“ jagen und die Sauen vor die außen anstehenden Schützen bringen. Diese Jagdart ist von einem Jagdleiter verantwortungsvoll zu leiten. Es kommt häufig vor, dass die hochgemachten Sauen den Maisschlag nicht sofort verlassen, sondern die Hunde immer wieder umgehen, um Deckung und Ruhe in anderen, noch nicht durchstöberten Teilen des Schlages suchen. Es ist deshalb notwendig, die Schläge mehrmals, also vor und zurück, durchzuarbeiten. Der Jagdleiter legt auch fest, dass der Hundeführer im Schlag, wenn die Hunde Sauen stellen und binden, den gezielten Schuss abgeben darf. Gerade bei der Maisjagd kommt es drauf an, dass nicht leichtfertig geschossen wird; die Sauen sollen möglichst im Feuer bleiben.

Wird die Jagd abgebrochen, verbleiben die angestellten Jäger noch einige Zeit auf ihren Ständen. Häufig kommt es vor, dass die angerührten Sauen, wenn Ruhe eingekehrt ist, den Maisschlag doch noch verlassen.

Ansitz an Hackfrucht- und Getreideschlägen

Sehr lohnend und jagdlich erfolgreich ist das Aufstellen von Ansitzleitern auf Kahlstellen im Getreide an den Grenzflächen zwischen Getreide und gut angenommenen Schlägen von Rüben, Kartoffeln oder Feldgemüse, aber auch am Rand großer Schläge, von denen Feldkulturen gut beobachtet und bejagt werden können.

Der Ansitz ist zwei Stunden vor Dämmerungseintritt zu beziehen, dann steht die Duftspur des Jägers beim Anwechseln der Sauen nicht mehr so intensiv. Häufig erweitern die Sauen Fehlstellen im Getreide, sodass eine Leiter am Rande dieser gut einsehbaren Flächen lohnende Jagd verspricht. Im Getreide sind Sauen besonders bei Mondlicht schwer anzusprechen. Deshalb sollten nur Frischlinge und eindeutig erkennbare Überläufer bejagt werden.

Ansitz an der Suhle

Die Sauen haben bei lang anhaltender Trockenheit ein erhöhtes Bedürfnis, Suhlen aufzusuchen. Zu dieser Zeit ist der Ansitz an Suhlen und Wasserlöchern sehr erfolgreich. Die Sauen kommen mit großer Sicherheit bevorzugt in der Abenddämmerung und bei genügend Deckung im Umfeld häufig schon nachmittags oder am frühen Abend bei bestem Büchsenlicht. Auch in der Morgendämmerung nach der nächtlichen Fraßaufnahme suhlen sie gern. Die Ansitzeinrichtung muss deshalb rechtzeitig bezogen werden.

Ausgehen der Fährte mit dem Saufinder

Für diese Jagdart, die der Jäger allein oder mit zwei bis drei anderen Weidgenossen durchführt, eignen sich besonders kleine, fährtensichere, laut jagende Jagdhunde. Der Hund wird auf dem Einwechsel geschnallt. Er findet meist sehr schnell und verbellt die Sauen im Kessel. Vor kleinen Hunden, stellen sich gewöhnlich die Sauen, sie nehmen den Hund nicht für voll. Hier kann der Hundeführer unter Wind herangehen und den Schuss antragen. In der Dickung oder im Stangenholz ist der Hundeführer allein.

Jagd bei Schneefall

Es ist keinesfalls immer so, dass sich die Sauen beim ersten Schneefall nachts einschneien lassen und erst ein bis zwei Tage später wieder auf den Läufen sind, um die Fraßplätze aufzusuchen. Auch bei Schneefall suchen die Sauen Kirrungen auf, brechen in masttragenden Beständen und sind auf Feldern, die noch nicht gefroren sind, anzutreffen. Das Schneehemd unterstützt das Anpirschen. Man kommt – bei gutem Wind – bis auf wenige Meter an die Sauen heran, die sich während andauerndem Schneefall sicher fühlen. Anhand der Richtung des fallenden Schnees kann der Jäger stets leicht die Windrichtung erkennen.

Ansitz und Pirsch bei Schneelicht

Schneelicht und bedeckter Himmel sind für die Nachtjagd weitaus günstiger als greller Mondschein bei geschlossener Schneedecke! Der verdeckte Himmel verteilt das durch die Schneedecke reflektierte Licht, sodass hervorragende Sichtverhältnisse herrschen.

Voraussetzung ist Pulverschnee oder Nass-Schnee, der keine Geräusche verursacht. Die Pirsch im Schneehemd oder – noch besser – im eng anliegenden Schneeanzug ist im Feld unerlässlich. Man kommt bei gutem Wind bis auf nächste Schussentfernung an die Sauen heran.

Harscher Schnee und tiefe Minustemperaturen verbieten die Nachtpirsch. Das Krachen der Tritte ist weit zu vernehmen. Nur der Ansitz an der Kirrung oder in Nähe masttragender Laubholzbestände führt zum Erfolg. Bei derartiger Frostwitterung hört man die anwechselnden Sauen schon sehr früh auf weite Entfernung.

Pirsch und Ansitz bei Schneelicht sind in guten Schwarzwildrevieren erfolgreiche Jagdmethoden. Die Sauen heben sich in diesem Licht deutlich vom Untergrund ab. Achtung – auch hierbei nicht die Schussentfernung unterschätzen. Der Jäger wird verleitet, weit zu schießen. Deshalb auch bei Schneelicht die Erfahrung beherzigen: Sind Sauen ohne Jagdoptik klar zu erkennen, ist die Entfernung für einen sicheren Kugelschuss gegeben.

Bei grellem Mondlicht, wolkenlosem Himmel und geschlossener Schneedecke meiden die Sauen offene und freie Flächen. Sie brechen dann in unterwuchsreichen Beständen. Für Helligkeitswerte haben die Sauen ein Gespür, diese Eigenschaft der Wahrnehmung ihrer Umwelt ist bei der Vorbereitung zur Jagd – ob Ansitz oder Pirsch – zu berücksichtigen und zu nutzen.

Kreisen auf Sauen nach einer Neuen

Die Fährten einer Rotte stehen im Neuschnee. Beim Fährten und Festmachen werden von ortskundigen Jägern die Dickungen umschlagen, wo Sauen tagsüber ihre Einstände haben. Dabei ist nicht zu dicht am Einstand zu fährten, häufig stecken die Schwarzkittel in vergrasten Dickungen auch in der Nähe der Wege. Dann wird die Dickung umstellt. Ein ortskundiger Jäger geht allein oder mit seinem Jagdhund die Fährten aus und bringt die Sauen auf die Läufe.

Angehen der Sauen im Kessel bei Schneelage

Die frisch gefährtete Rotte oder das Einzelstück wird frühmorgens durch Umschlagen des Einstandes sicher bestätigt. Die Sauen stecken in Dickungen, Stangenhölzern, aber auch in Althölzern mit tiefbeasteten unterständigen Fichten. Die Fährte wird vom Einwechsel her ausgegangen. Zweckmäßige Bekleidung, die das Eindringen von Schnee im Nacken-/Halsbereich oder unter die Hose ausschließt, ist ebenso wichtig wie der Mündungsschutz auf der Büchse. Ein leichter Verschluss kann gefahrlos bei notwendig werdendem schnellem Handeln durchschossen werden. Ein echter Mündungsschoner geht meist verloren.

Das Ausgehen muss sehr langsam und vorsichtig erfolgen. Sobald die ersten Gebräche bemerkt werden, folgen auch bald Widergänge, dann ist der Kessel unmittelbar vor dem Jäger. Leicht kann es passieren, dass der Jäger den Kessel nicht erkennt und übergeht, dann wird die Rotte bei schlechtem Wind in einer Schneewolke flüchtig.

In Dickungen und Stangenhölzern ist auf dunkle, sich gering von der Schneeoberfläche absetzende Erhebungen zu achten. Manchmal ist der Jäger schon näher dran, als er glaubt! Sollte das Einzelstück oder die Rotte nach kurzem Warnlaut hoch und flüchtig werden, ist die Jagd noch nicht aufzugeben. Jetzt heißt es, mit schussfertiger Waffe hinhocken und bewegungslos geduldig warten. Da die Schwarzkittel sehr ungern ihren warmen Kessel verlassen und aufgeben, flüchten sie meist nur eine kurze Strecke, verhoffen, holen Wind und kommen sehr vorsichtig und leise zurück, wenn es die Wittrung erlaubt. Dann bietet sich doch noch die Gelegenheit zum sicheren Schuss.

Bewertung der Keilerwaffen

Anleitung zur Vermessung der Keilerwaffe

76 >>

Länge der Gewehre (Gl)
Die Messung erfolgt auf der äußeren Krümmung der Gewehre von der Wurzel bis zur Spitze mit einer Genauigkeit von 0,1 cm. Bei abgebrochenen Spitzen der Gewehre wird nur die noch vorhandene Länge gemessen. Das Gewehr muss von der Wurzel bis zur Spitze frei liegen, vor allem darf das Wurzelende nicht durch Halterungen verschiedener Art, die dem Aufsetzen dienen, unzugänglich sein.

Breite der Gewehre (Gb)
Das Gewehr wird an der breitesten Stelle mit einer Schieblehre auf 0,1 mm genau gemessen. Als Hilfsmittel für die Messung kann auch ein Zirkel dienen. Unnatürliche Wülste oder Auswüchse des Gewehrs bleiben unberücksichtigt. Bei aufgesprungenen Gewehren ist ein angemessener Abzug vorzunehmen.

Umfang der Haderer (Hu)
Der Umfang wird an der stärksten Stelle der Haderer mit einer Genauigkeit von 0,1 cm ermittelt. Das Bandmaß wird nicht fest in eventuelle Aushöhlungen eingedrückt, diese werden also straff überspannt. Anomale Auswüchse werden nicht berücksichtigt.

Zuschläge
Folgende Zuschläge können bewertet werden:

- völlige Ebenmäßigkeit,
- starke, gut gekrümmte Haderer,

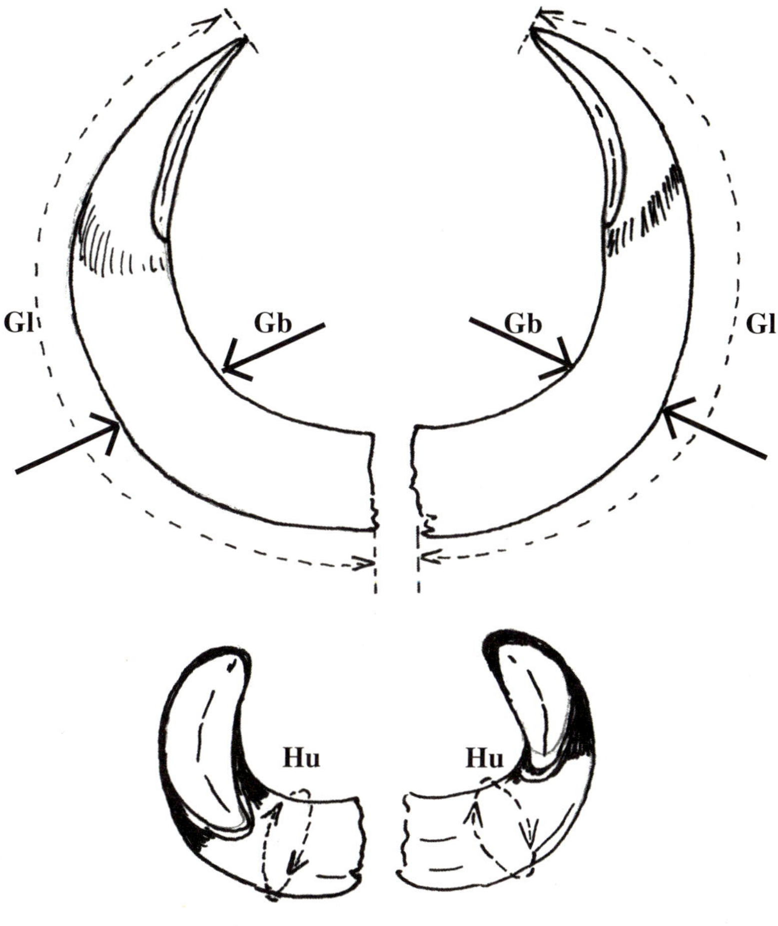

- natürlicher Glanz der Gewehre,
- dunkelbraune bis schwarze Farbe an der äußeren Seite der Gewehre am Beginn des Abschliffes, gleiche Farbe an den Hadererspitzen,
- lange Schleifflächen.

Nur beim Zusammentreffen aller vorgenannten Bedingungen kann die volle Zuschlagpunktzahl gewährt werden: für die Gewehre 2 Punkte, für die Haderer 3 Punkte.

Abzüge

Sie erfolgen bei:

– zu kurzer Schleiffläche der Gewehre (unter 4 cm bis 3 Punkte; 4 bis 5 cm 1 Punkt)	**bis 3**
– Ungleichheit der Gewehre in Länge, Breite und Form	**bis 3**
– Ungleichheit der Haderer in Länge und Form	**bis 3**
– Missverhältnis zwischen Gewehre und Haderer	**bis 1**
	Punkte

Auch künstlich lackierte Waffen erhalten Abzüge. Beschädigte Waffen gelten nicht als unregelmäßig und werden deshalb nicht mit Abzugspunkten belegt.

Formel für Keilerwaffen

Messungen	Punkte
1. Länge des linken Gewehrs 2. Länge des rechten Gewehrs	Durchschnitt in cm x 1: ....
3. Breite des linken Gewehrs 4. Breite des rechten Gewehrs	Durchschnitt in cm x 3: ....
5. Umfang des linken Haderers 6. Umfang des rechten Haderers	in cm x 1: .... in cm x 1: ....
7. Zuschläge	Von 0 bis 5 Punkten: .... Summe: ....
8. Abzüge	Von 0 bis 10 Punkten: .... Summe: ....
9. Begründung	.... **Endgültige Summe: ....**

Prämierungsgrenzen

Bei der Prämierung gelten folgende Maßstäbe:

I.	**Preis**	**(Goldmedaille)**	**über 120 Punkte**
II.	**Preis**	**(Silbermedaille)**	**115 bis 119,9 Punkte**
III.	**Preis**	**(Bronzemedaille)**	**110 bis 114,9 Punkte**

Gemeinsame Wildbewirtschaftungsrichtlinie

Im September/Oktober des Jahres 2001 vereinten die Länder Brandenburg und Mecklenburg-Vorpommern ihre Bemühungen und Ansichten zur Wildbewirtschaftung. Erfreulicherweise wurde eine gemeinsame Bewirtschaftungsrichtlinie für alle Schalenwildarten erarbeitet.

Dies ist im Rahmen der Landesjagdgesetze und weiterer jagdlichen Vorschriften der Bundesrepublik Deutschland einmalig und begrüßenswert, da beide Bundesländer annährend gleichartige Bedingungen im Wildbestand, der Biotope und der bisher durchgeführten Wildbewirtschaftung haben.

Mit dieser Bewirtschaftungsrichtlinie wurde vieles vereinfacht und entbürokratisiert. Andere Bundesländer könnten sich diese Bewirtschaftungsrichtlinie durchaus zum Vorbild nehmen.

Auszugsweise werden nachfolgend die wichtigsten Aussagen für die Schalenwildarten zum Schwarzwild dargestellt.

Auszug

Gemeinsame Richtlinie für die Hege und Bejagung des Schalenwildes der Länder Brandenburg und Mecklenburg-Vorpommerns (Wildbewirtshaftungsrichtlinie; 24.09.2001)

Präambel

Aufgrund vieler Gemeinsamkeiten, insbesondere im Hinblick auf die vorhandenen Lebensräume und Wildpopulationen haben sich die jeweiligen obersten Jagdbehörden sowie die Landesjagdverbände der Länder Brandenburg und Mecklenburg-Vorpommern darauf verständigt, eine gemeinsame Wildbewirtschaftungsrichtlinie zu erlassen. Sie enthält einheitliche Altersklassen und Bewirtschaftungskriterien, gleichwohl wird den jeweiligen landesrechtlichen Voraussetzungen und Besonderheiten Rechnung getragen.

1. Landesspezifische Ziele und Grundsätze der Schalenwildbewirtschaftung

(1) Schalenwild ist Bestandteil der heimischen Natur; ihm soll durch die Hege in seinen natürlichen Lebensräumen die Lebensgrundlage gesichert werden. Dazu ist es notwendig, den Wildbestand an landwirtschaftliche und landeskulturelle Verhältnisse anzupassen und einen artenreichen und gesunden Wildbestand zu erhalten. Die Hege muss so durchgeführt werden, dass Beeinträchtigungen einer ordnungsgemäßen Land- und forstwirtschaftlichen Nutzung, insbesondere Wildschäden, möglichst vermieden werden. Zur Hege gehören weiterhin die Biotopgestaltung, die Schaffung von Ruhezonen und, sofern erforderlich, die Besucherlenkung.

(2) Rot-, Dam- und Muffelwild sind nur in geeigneten Lebensräumen mit einer artgerechten Naturausstattung zu bewirtschaften (Bewirtschaftungsbezirke). Die Lebensräume müssen die Voraussetzung für ein dauerhaftes und nachhaltiges Vorkommen bieten. Größe, artgerechte Ausstattung und Äsungskapazität der Lebensräume sowie die berechtigten Ansprüche der Land- und Forstwirtschaft auf Schutz gegen Wildschäden sind maßgebend für den Umfang der örtlich anzustrebenden Wildbestände (Zielbestand).

(3) Eine wesentliche Grundlage für eine ordnungsgemäße Hege, insbesondere von Rot-, Dam- und Schwarzwild, ist der Zusammenschluss der Jagdausübungsberechtigten in Hegegemeinschaften innerhalb der Lebensräume des Wildes (§ 12 des Landesjagdgesetzes).

(4) Die Ansprache des Wildes ist aus Gründen des Tierschutzes und der Weidgerechtigkeit stets äußerst gewissenhaft durchzuführen.

(5) Der Abschuss nach Altersklasse und Geschlecht hat das Ziel, eine artgerechte Alters- und Geschlechterstruktur zu erreichen bzw. zu erhalten. Hierfür ist die Erfüllung des Abschussplanes nach dem Geschlecht und in der jeweiligen Altersklasse erforderlich.

(6) Um die Schalenwildbestände optimal zu nutzen, ist durch rechtzeitige Erlegung von Jungtieren der jagdliche Anteil an der Gesamtmortalität zu erhöhen.

(7) Der Wechsel von einer Altersklasse in die nächst höhere erfolgt jeweils mit dem Stichtag 1. April; bei Jungtieren erfolgt der Wechsel am 1. April des auf die Geburt folgenden Kalenderjahres.

(8) Unabhängig vom Abschussplan kann stark überaltertes Wild, das körperlich weit zurück gesetzt hat, erlegt werden.

(9) Abweichungen von den nachstehenden Kriterien sind in begründeten Ausnahmefällen möglich und bedürfen der Genehmigung der Unteren Jagdbehörde.

2. Rahmenkriterien für die Schalenwildarten
– Auszug Schwarzwild –

2.5 Schwarzwild

2.5.1 Grundlagen

Zielbestand:	in Stück: (durch die Hegegemeinschaft festzulegen)
Zuwachs:	150 bis 250 vom Hundert des am 1. April vorhandenen Gesamtbestandes

2.5.2 Altersklassen und Streckenanteile

Altersklasse	**Alter in Jahren**	**zu realisierender Streckenanteil**
0 – Frischlinge	Als Frischling gilt ein Stück von der Geburt bis zum 31. März des nächst folgenden Jahres	65 % vom Gesamtabschuss
1 – Überläufer	1 Jahr	20 % vom Gesamtabschuss
2 – Bachen	ab 2 Jahre	mindestens 10% vom Gesamtabschuss
– Keiler		maximal 5% vom Gesamtabschuss

2.5.3 Erläuterungen

(1) Für Schwarzwild erfolgt im Rahmen der Planung keine Trennung nach Geschlecht und Altersklasse. Jedoch ist die Wildnachweisung getrennt zu führen.

(2) Der Anteil von Frischlingen und Überläufern an der Gesamtstrecke soll mindestens 80 von Hundert betragen. Dabei ist der Schwerpunkt auf den Frischlingsabschuss zu legen (Orientierung 2:1).

(3) Entsprechend der Gesamthöhe des Schwarzwildbestandes ist die notwendige Anzahl von Bachen zu erlegen. Deren Bejagung soll vorrangig im Zeitraum von Anfang Oktober bis Ende Januar erfolgen. Der zu erbringende Anteil soll 10 vom Hundert nicht unterschreiten. Frischlinge führender Bachen sind dabei so lange zu schonen, bis ihre Frischlinge die gelben Längsstreifen verloren haben.

(4) Die Erlegung von Keilern sollte vornehmlich ab einem Alter von 5 Jahren erfolgen, wobei ihr Anteil an der Gesamtstrecke 4 vom Hundert nicht überschreiten soll.

Literaturverzeichnis

BOBACK, A. W.: Das Schwarzwild. Neumann-Verlag, Radebeul 1957

BRANDT, E.: Zur Altersbestimmung beim Schwarzwild. „Unsere Jagd“, Jahrgang 1965, Heft 3, VEB Deutscher Landwirtschaftsverlag, Berlin 1965

BRIEDERMANN, L.: Die Schwarzwildbewirtschaftung in Theorie und Praxis. Arbeitsgemeinschaft Jagd- und Wildforschung, Merkblatt Nr. 23/1966

BRIEDERMANN, L.: MEHLITZ, S., RICHTER, H.: Trophäenschau und Trophäenbewertung. VEB Deutscher Landwirtschaftsverlag, Berlin 1969

BRIEDERMANN, L.: Schwarzwild. VEB Deutscher Landwirtschaftverlag 1986

LOCKOW, K. W., STUBBE, Ch.: Alters- und Qualitätsbestimmung des erlegten Schalenwildes. Deutscher Landwirtschaftsverlag, Berlin 1994

MEHLITZ, S.: Schwarzwildfütterung. „Unsere Jagd, Jahrgang 1970, Heft 7, VEB Deutscher Landwirtschaftsverlag, Berlin 1965

MEYNHARDT, H.: Weidgerechte Bejagung des Schwarzwildes. Björn-Verlag, Krehfeld 2001

MOHR. E.: Wilde Schweine. Ziemsen Verlag, Lutherstadt Wittenberg 1963

MOLL, K. H.: In den Wäldern der Hirsche. Ziemsen Verlag, Lutherstadt Wittenberg 1963

Staatliches Komitee für Forstwirtschaft – Oberste Jagdbehörde – Jagdrecht. Staatsverlag der DDR, Berlin 1969; Direktive über die Verbesserung der Qualität der Wildbestände vom 1. 6. 1970. „Unsere Jagd“, Jahrgang 1970, Heft 8

Siebold, W.: Das Schwarzwild. Berlin/Hannover 1949

Snethlage, K.: Das Schwarzwild. Paul Parey, Hamburg und Berlin 1882

Wagenknecht. E.: Die Altersbestimmung des erlegten Wildes. VEB Deutscher Landwirtschaftsverlag, Berlin 1968

Wagenknecht, E.: Bewirtschaftung unserer Schalenwildbestände. 3. Auflage, VEB Deutscher Landwirtschaftsverlag, Berlin 1968

Gesetzblatt: Gemeinsame Richtlinie für die Hege und Bejagung des Schalenwildes der Länder Brandenburg und Mecklenburg-Vorpommern (Bewirtschaftungsrichtlinie vom 24.09.2001)